Mes memos littéraires

FRISE HISTORIQUE ET CULTURELLE

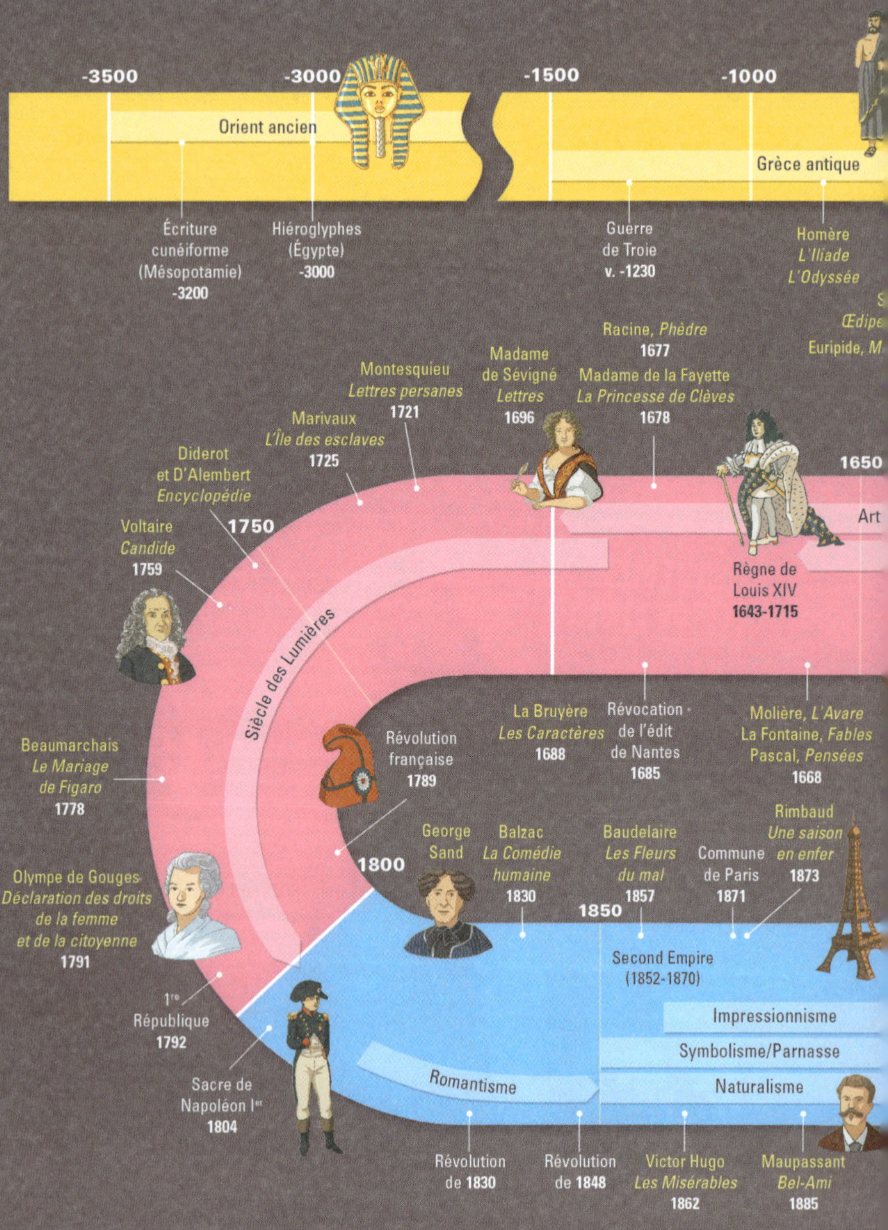

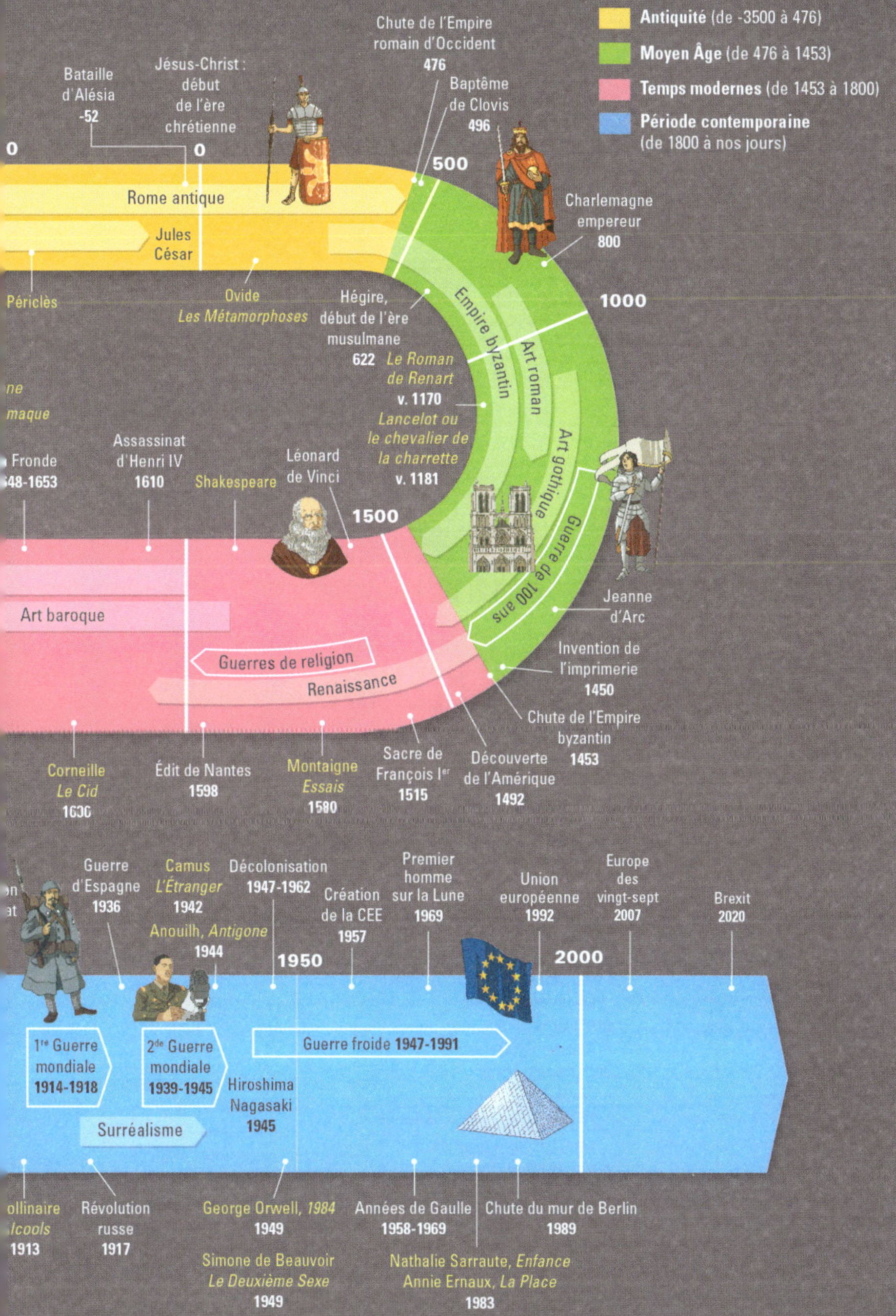

Antiquité (de -3500 à 476)
Moyen Âge (de 476 à 1453)
Temps modernes (de 1453 à 1800)
Période contemporaine (de 1800 à nos jours)
0
Bataille d'Alésia -52
Jésus-Christ : début de l'ère chrétienne
0
Chute de l'Empire romain d'Occident 476
Baptême de Clovis 496
500
Rome antique
Jules César
Périclès
Ovide Les Métamorphoses
Charlemagne empereur 800
Hégire, début de l'ère musulmane 622
1000
Empire byzantin
Art roman
Art gothique
Le Roman de Renart v. 1170
Lancelot ou le chevalier de la charrette v. 1181
Guerre de 100 ans
Jeanne d'Arc
Invention de l'imprimerie 1450
Chute de l'Empire byzantin 1453
Fronde
Assassinat d'Henri IV 1610
Shakespeare
Léonard de Vinci
1500
Art baroque
Guerres de religion
Renaissance
Corneille Le Cid
Édit de Nantes 1598
Montaigne Essais 1580
Sacre de François Ier 1515
Découverte de l'Amérique 1492
Guerre d'Espagne 1936
Camus L'Étranger 1942
Anouilh, Antigone 1944
Décolonisation 1947-1962
1950
Création de la CEE 1957
Premier homme sur la Lune 1969
Union européenne 1992
2000
Europe des vingt-sept 2007
Brexit 2020
1re Guerre mondiale 1914-1918
2de Guerre mondiale 1939-1945
Hiroshima Nagasaki 1945
Guerre froide 1947-1991
Surréalisme
1913
Révolution russe 1917
George Orwell, 1984 1949
Simone de Beauvoir Le Deuxième Sexe 1949
Années de Gaulle 1958-1969
Chute du mur de Berlin 1989
Nathalie Sarraute, Enfance
Annie Ernaux, La Place 1983

HUMANISME

XVIe siècle

Principes

- L'homme, sa dignité et sa perfectibilité, sont au centre des préoccupations
- Retour à l'Antiquité et rejet du Moyen Âge
- Extension des connaissances, valeur du savoir et de l'éducation

Auteurs

Érasme : *Éloge de la folie*, 1511

François Rabelais : *Pantagruel*, 1532 ; *Gargantua*, 1534

Michel de Montaigne : *Essais*, 1580-1588

« Science sans conscience n'est que ruine de l'âme. »

François Rabelais, *Pantagruel*

Contexte historique

1515 : **avènement de François Ier (favorable aux idées nouvelles, il encourage les belles-lettres et les beaux-arts) ; Clément Marot est son poète officiel**

1530 : **fondation du Collège des lecteurs royaux (enseignement du latin, du grec et de l'hébreu), qui deviendra le Collège de France**

1534 : **affaire des Placards (tensions entre catholiques et protestants et début de la lutte du pouvoir royal contre les protestants). Les écrivains se font polémistes.**

1547-1559 : **règne d'Henri II**

LA PLÉIADE (1550-1560)

À savoir

Premier nom donné : la Brigade

Œuvre phare : *La Défense et illustration de la langue française*, Joachim du Bellay (1549)

Concurrents de l'école lyonnaise (Maurice Scève, Louise Labé) qui s'inspire de Platon et des poètes italiens (Pétrarque)

Auteurs

Pierre de Ronsard : *Odes*, 1550-1552 ; *Les Amours de Cassandre*, 1552

Joachim du Bellay *Les Regrets*, 1558

Jean-Antoine de Baïf, Étienne Jodelle, Rémy Belleau, Pontus de Tyard, Jacques Peletier du Mans

Missions

- Enrichir la langue française
- Rénover les formes poétiques
- Créer une littérature en langue française
- Servir la beauté
- Faire briller le génie national
- Faire reculer « le vilain monstre Ignorance » (Pierre de Ronsard)

Principes et thèmes

- Imitation des Anciens (mythes antiques revisités)
- Traduction et commentaire des textes latins et grecs
- Jeux poétiques
- Poète inspiré (la « fureur divine »)
- Amour, fuite du temps

LE BAROQUE (fin du XVIe-début du XVIIe siècle)

À savoir

Le terme portugais *barroco* désigne des perles aux formes irrégulières. Le terme désigne aussi ce qui est d'une bizarrerie choquante.

« Je veux faire des vers qui ne soient pas contraints. »
Théophile de Viau, « Élégie à une dame »

Auteurs

Agrippa d'Aubigné : ***Les Tragiques*, 1616**

Cyrano de Bergerac : ***Histoire comique des États et Empires de la Lune*, 1655**

Tristan L'Hermite : ***Les Amours*, 1638**

Charles Sorel : ***L'Histoire comique de Francion*, 1622**

Théophile de Viau : ***La Maison de Sylvie*, 1623-1624**

Pierre Corneille : ***L'Illusion comique*, 1636**

Pedro Calderón de la Barca : ***La vie est un songe*, 1636**

Agrippa d'Aubigné

Pierre Corneille

Contexte historique

1543 : Copernic découvre que la Terre tourne autour du Soleil (héliocentrisme)

1560-1574 : règne de Charles IX

1572 : massacre de la Saint-Barthélemy

1574-1589 : règne d'Henri III

1589 : début du règne d'Henri IV

1598 : édit de Nantes (fin des guerres de Religion)

1610 : assassinat d'Henri IV

1610-1617 : régence de Marie de Médicis (Louis XIII a 8 ans)

1610-1643 : règne de Louis XIII

Principes et thèmes

- Vision désespérée du monde et de la nature humaine (incertitude politique, angoisse métaphysique), déséquilibre et instabilité
- Importance du mouvement, de la métamorphose, de la variété
- Hostilité envers les règles et les dogmes
- Volonté d'originalité, goût de la surprise (l'usage de la pointe, en fin d'œuvre)
- Ornementation chargée, foisonnement du style, exubérance et chaos (figures de style de l'amplification)
- Jeux d'illusion au théâtre ; thématique du monde à l'envers, du renversement et du rêve
- Thèmes de la fragilité, de l'éphémère, de l'eau

LE CLASSICISME
(seconde moitié du XVIIe siècle)

Auteur(e)s

Blaise Pascal : *Pensées*, 1670
Molière : *Le Misanthrope*, 1666
Jean Racine : *Bérénice*, 1670
Jean de La Fontaine : *Fables*, 1668
Mme de La Fayette : *La Princesse de Clèves*, 1678
François de La Rochefoucauld : *Maximes*, 1664
Jean de La Bruyère : *Les Caractères*, 1688
Nicolas Boileau : *L'Art poétique*, 1674

« Ce que l'on conçoit bien s'énonce clairement,
Et les mots pour le dire arrivent aisément. »

Boileau, *L'Art poétique*

« Je voudrais bien savoir si la grande règle de toutes les règles n'est pas de plaire, et si une pièce de théâtre qui a attrapé son but n'a pas suivi un bon chemin. »

Molière, *La Critique de l'École des femmes*

« On ne doit parler, on ne doit écrire que pour l'instruction. »

La Bruyère, préface des *Caractères*

Jean Racine

À savoir

À la fin du XVIIe siècle éclate la querelle des Anciens et des Modernes, polémique académique entre les partisans de l'imitation de l'Antique et partisans de l'émancipation et du progrès.

Mme de La Fayette

Contexte historique

1643-1651 : **régence d'Anne d'Autriche (Louis XIV a 5 ans)**
1643-1715 : **règne de Louis XIV (règne personnel dès 1661) ; Colbert ministre**
1648-1653 : **La Fronde**
1662-1687 : **Le Nôtre invente les jardins à la française**
1682 : **installation de Louis XIV à Versailles**
1685 : **révocation de l'édit de Nantes**

Principes et thèmes

- **Règles du beau fondées sur les écrits d'Aristote ; imitation des Anciens**
- **Plaire et instruire ; émouvoir par le rire et les larmes**
- **Recherche de la pureté morale, de la mesure, de la raison, de l'équilibre**
- **Respect des règles (au théâtre : celles des trois unités, de la vraisemblance et de la bienséance ; en poésie : formes fixes, contraintes de la versification)**
- **Mise en valeur de l'honnête homme, figure idéale destinée à contrer le désenchantement de la nature humaine et d'une société étouffante (courtisans)**

LES LUMIÈRES
(XVIIIe siècle)

Auteurs

Marivaux : *La Colonie*, 1750
Jean-Jacques Rousseau : *Du contrat social*, 1762
Voltaire : *Candide*, 1759 ; *Dictionnaire philosophique*, 1764
Denis Diderot : *Jacques le fataliste et son maître*, 1778-1780
Montesquieu : *Lettres persanes*, 1721 ; *De l'esprit des lois*, 1748
Beaumarchais : *Le Mariage de Figaro*, 1784
Pierre Choderlos de Laclos : *Les Liaisons dangereuses*, 1782

À savoir

Les « Lumières » sont une métaphore pour désigner la raison et les connaissances qui viennent éclairer le monde et le sortir de l'obscurantisme religieux.

« Moi, j'écris pour agir. »
« Car l'effet de la philosophie est de rendre l'âme tranquille, et le fanatisme est incompatible avec la tranquillité. »
Voltaire

Denis Diderot

« L'homme est né libre, et partout il est dans les fers. »
Jean-Jacques Rousseau, *Du contrat social*

Contexte historique

1704 : traduction par Antoine Galland des *Mille et Une Nuits*
1715 : mort de Louis XIV
1715-1774 : règne de Louis XV ; régence de Philippe d'Orléans (1715-1723)
1725 : développement des cafés à Paris
1727 : mort d'Isaac Newton, dont Voltaire a porté les idées
1749 : salon de Mme du Deffand où se retrouvent les philosophes ; parution de l'*Histoire naturelle* de Buffon
1751-1772 : publication de l'*Encyclopédie* en 35 volumes
1774-1792 : règne de Louis XVI
1776 : Déclaration d'indépendance des États-Unis ; réformes de Turgot et de Necker
1781 : *Réflexions sur l'esclavage des nègres* de Condorcet
1789 : Révolution française ; Déclaration des droits de l'homme et du citoyen

Principes et thèmes

- Volonté de dissiper les ténèbres de l'ignorance, des préjugés et du fanatisme religieux par la raison, l'esprit critique et l'esprit d'examen
- Croyance dans le progrès et dans la science
- Confiance en la nature de l'homme
- Lutte pour la tolérance et la liberté, ouverture sur les mœurs étrangères
- Critique du pouvoir monarchique, des inégalités sociales et des abus du pouvoir (politique, judiciaire et religieux) par le développement d'une littérature de combat
- Refus de la métaphysique et des dogmes religieux
- Importance de la nature, du sentiment ; recherche du bonheur

Auteurs

Chateaubriand : ***René*, 1802 ; *Mémoires d'outre-tombe*, 1848**
Alphonse de Lamartine : ***Méditations poétiques*, 1820**
Alexandre Dumas : ***Henri III et sa cour*, 1829**
Alfred de Musset : ***Lorenzaccio*, 1834 ; *Confession d'un enfant du siècle*, 1836**
Victor Hugo : ***Ruy Blas*, 1838 ; *Les Contemplations*, 1856**
Alfred de Vigny : ***Chatterton*, 1835**

À savoir

D'abord synonyme de « romanesque », puis de « mélancolie », le mot « romantisme » désigne une nouvelle manière de ressentir, opposant l'exaltation du lyrisme à l'ordre établi.

Le romantisme existe aussi en musique (Verdi, Chopin, Wagner) et en peinture (Delacroix, Géricault).

Victor Hugo

« Je suis venu trop tard dans un monde trop vieux. »
Alfred de Musset

LE ROMANTISME (première moitié du XIXe siècle)

« Une autre ère va commencer pour le monde et pour la poésie. »
Victor Hugo, préface de *Cromwell*

Contexte historique

1774 : publication des *Souffrances du jeune Werther* de Goethe

1815-1830 : seconde Restauration (Louis XVIII puis Charles X)

1821 : mort de Napoléon à Sainte-Hélène

1830 : prise d'Alger ; révolution des Trois Glorieuses ; abdication de Charles X

1830-1848 : monarchie de Juillet (Louis-Philippe Ier)

1836 : *La Presse*, premier quotidien populaire

1848 : troisième révolution ; proclamation de la IIe République

Principes et thèmes

- **Rejet du rationalisme des Lumières au profit de la sensibilité (importance de la rêverie)**
- **Personnage en marge de la société ; idéaux en opposition à la médiocrité bourgeoise et au monde moderne ; impression de « mal du siècle »**
- **Exploration des passions, communion avec la nature-refuge, goût de la solitude, de la mélancolie des ruines, nostalgie du passé ; inspiration médiévale ; infini et communion avec Dieu**
- **Rejet des formes classiques (poésie, théâtre) ; liberté de création, mélange des genres**
- **Engagement politique et social**

LE RÉALISME

(1850-1900)

LE NATURALISME

Auteurs

Stendhal : *Le Rouge et le Noir*, 1830
Honoré de Balzac : *Eugénie Grandet*, 1833 ; *Le Père Goriot*, 1835
Gustave Flaubert : *Madame Bovary*, 1857
Guy de Maupassant : *Une vie*, 1883

« Chaque roman n'est qu'un chapitre du grand roman de la société. »
Honoré de Balzac, *Illusions perdues*

Principes et thèmes

- Représentation de la société dans son ensemble sans idéalisation (le roman doit être un miroir du réel)
- Donner l'illusion du vrai par l'observation minutieuse de l'espèce humaine
- Mouvement qui concerne aussi la peinture (Gustave Courbet, Honoré Daumier) dans la représentation des couches sociales défavorisées
- Importance du personnage, de la description, du portrait

Contexte historique

1851 : coup d'État de Louis-Napoléon Bonaparte
1852-1870 : second Empire (Napoléon III)
1870 : début de la guerre entre la France et la Prusse ; défaite de Sedan ; proclamation de la IIIe République
1871 : Commune de Paris
1887-1889 : construction de la tour Eiffel

À savoir

Le réalisme ne constitue pas à proprement parler une école. Le naturalisme, au contraire, a pour chef de file Émile Zola.

« Mon but a été un but scientifique avant tout. […] J'ai simplement fait sur deux corps vivants le travail analytique que les chirurgiens font sur des cadavres. »
Émile Zola, *Thérèse Raquin*

Auteurs

Guy de Maupassant : *Pierre et Jean*, 1888
Edmond et Jules de Goncourt : *Germinie Lacerteux*, 1865
Émile Zola : *Germinal*, 1885

Principes et thèmes

- Influence de l'hérédité et du milieu sur les individus
- Importance de la recherche documentaire, de l'enquête, de l'expérimentation
- Langage au plus près du réel (argot, langage technique…)
- Thèmes de l'ascension sociale, du monde du travail (mondes industriel, du commerce et de la finance)
- Personnages déclassés, mus par leurs instincts et leurs passions

LE PARNASSE

LE SYMBOLISME

(1850-1900)

« Il n'y a de vraiment beau que ce qui ne peut servir à rien. Tout ce qui est utile est laid. »
Théophile Gautier

Auteurs

Théophile Gautier : *Émaux et camées*, 1852
Leconte de Lisle : *Poèmes antiques*, 1852
José-Maria de Heredia : *Les Trophées*, 1893

Principes et thèmes

- Culte de la forme et du beau (forme poétique contraignante, recherche du mot rare, goût de la description et des sonorités)
- Réaction contre le lyrisme (refus de se livrer intimement) et contre l'art engagé
- Recours au mythe, à l'histoire ancienne, à l'exotisme

Contexte historique

1848 : troisième révolution ; proclamation de la IIe République (Louis-Napoléon Bonaparte élu président)
1851 : coup d'État de Louis-Napoléon Bonaparte
1852-1870 : second Empire (Napoléon III)
1870 : début de la guerre entre la France et la Prusse ; IIIe République
1871 : Commune de Paris
1894 : début de l'affaire Dreyfus
1900 : Jeux olympiques de Paris

À savoir

- Le Parnasse est, dans la mythologie grecque, la montagne consacrée aux Muses.
- Mallarmé est le chef de file du symbolisme ; Charles Baudelaire et Paul Verlaine, ses précurseurs.

Stéphane Mallarmé

Auteurs

Comte de Lautréamont : *Les Chants de Maldoror*, 1868-1869
Stéphane Mallarmé : *Poésies*, 1887
Jules Laforgue : *Les Complaintes*, 1885
Georges Rodenbach : *Bruges-la-Morte*, 1892
Maurice Maeterlinck : *Pelléas et Mélisande*, 1893
Émile Verhaeren : *Les Villes tentaculaires*, 1895

Principes et thèmes

- Réaction contre le réalisme et le naturalisme
- Volonté de recréer un monde de rêverie et de mystère associé aux symboles, à l'ésotérisme, aux mythes ; quête de l'idéal
- Lier paysage et état d'âme ; tristesse, mélancolie, ennui
- Rythme poétique nouveau, abandon des contraintes métriques, vers libre et poèmes en prose ; suggestion par les images

LE SURRÉALISME (1900–1950)

Auteur(e)s

Apollinaire : ***Les Mamelles de Tirésias*, 1917 ; *Calligrammes*, 1918**
André Breton : ***Manifeste du surréalisme*, 1924 ; *Nadja*, 1928**
André Breton et Philippe Soupault : ***Les Champs magnétiques*, 1920**
Paul Éluard : ***Capitale de la douleur*, 1926**
René Char : ***Ralentir travaux*, 1930 ; *Le Marteau sans maître*, 1934**
Louis Aragon : ***Les Yeux d'Elsa*, 1942**
Francis Ponge : ***Le Parti pris des choses*, 1942**

« Quand l'homme a voulu imiter la marche, il a créé la roue, qui ne ressemble pas à une jambe. Il a ainsi fait du surréalisme sans le savoir. »
Guillaume Apollinaire

À savoir

Le surréalisme est né en réaction aux horreurs de la Première Guerre mondiale et aux valeurs qui n'ont pu les éviter.
La psychanalyse y tient une place importante, tant en peinture qu'en littérature.

« Je crois à la résolution future de ces deux états, en apparence si contradictoires, que sont le rêve et la réalité, en une sorte de réalité absolue, de surréalité, si l'on peut dire ainsi. »
André Breton, *Manifeste du surréalisme*

Contexte historique

1899 : publication de *L'Interprétation du rêve*, de Sigmund Freud
1914-1918 : Première Guerre mondiale
1916 : création du mouvement Dada par Tristan Tzara
1917 : Révolution russe
1919 : traité de Versailles
1922 : Mussolini prend le pouvoir en Italie
1925 : première exposition surréaliste à Paris
1933 : incendie du Reichstag, à Berlin
1939-1945 : Seconde Guerre mondiale

Principes et thèmes

- **Libérer l'artiste des exigences de la raison et de la morale ; contestation des valeurs traditionnelles (l'art est un instrument de révolution et de libération)**
- **S'ouvrir à l'univers du rêve et de l'inconscient**
- **Pratique de l'écriture automatique, de l'écriture sous la dictée de l'inconscient et du rêve, de l'écriture collective (les cadavres exquis)**
- **Rapprochements de réalités éloignées et importance de l'image poétique (métaphore, oxymore, antithèse…)**
- **Exploration du langage (jeux de mots, le son supérieur au sens, associations d'idées inattendues, liées au hasard, libération du langage)**
- **Thématiques du hasard, de la folie, de l'amour, de la femme, du rêve**

L'ABSURDE (1940–1960)

Auteurs

Albert Camus : *L'Étranger*, 1942 ; *Le Mythe de Sisyphe*, 1942
Jean-Paul Sartre : *La Nausée*, 1938 ; *Huis Clos*, 1944
Samuel Beckett : *En attendant Godot*, 1952 ; *Fin de partie*, 1957
Eugène Ionesco : *La Cantatrice chauve*, 1950 ; *Rhinocéros*, 1960
Arthur Adamov : *Le Ping-Pong*, 1955

« Prenez un cercle, caressez-le, il deviendra vicieux ! »

Eugène Ionesco, *La Cantatrice chauve*

« Ce monde en lui-même n'est pas raisonnable, c'est tout ce qu'on peut dire. Mais ce qui est absurde, c'est la confrontation de cet irrationnel et de ce désir éperdu de clarté dont l'appel résonne au plus profond de l'homme. »

Albert Camus

À savoir

Jean-Paul Sartre et Albert Camus ont développé une « philosophie de l'absurde », issue de l'existentialisme, qui conçoit que le monde n'a pas de signification et que la condition humaine n'a pas de sens logique.

Contexte historique

1936 : victoire du Front populaire aux élections législatives ; gouvernement Blum
1937 : reconduction de la loi qui donne les pleins pouvoirs à Hitler en Allemagne ; bombardement de Guernica par les franquistes
1938 : Hitler annexe l'Autriche (*Anschluss*)
1939-1945 : Seconde Guerre mondiale
1944-1946 : gouvernement provisoire
1945 : bombes atomiques sur Hiroshima et Nagasaki
1946-1958 : IVe République
1947 : début de la guerre froide
1955 : début de la décolonisation de l'Afrique
1958 : Ve République
1962 : accords d'Évian ; indépendance de l'Algérie

Principes et thèmes

- Constat du tragique et de la vanité de l'existence (horreurs de la guerre et totalitarismes comme révélateurs), du côté dérisoire de la condition humaine
- Expression d'un profond malaise social ; littérature engagée
- Expression par le théâtre : incommunicabilité et remise en cause du langage (non-sens, silences), mélange des registres tragique et comique, expression d'une angoisse, refus des conventions théâtrales traditionnelles, décor minimal, intrigue réduite ou absente, personnages anti-héros (solitude, existence vide, expérience du temps, envahissement des objets)

LE NOUVEAU ROMAN

(1950-1980)

Auteurs

Nathalie Sarraute : ***Tropismes*, 1939 ; *Le Planétarium*, 1959**
Marguerite Duras : ***Moderato Cantabile*, 1958**
Samuel Beckett : ***Molloy*, 1951 ; *Malone meurt*, 1951**
Alain Robbe-Grillet : ***Les Gommes*, 1953 ; *Le Voyeur*, 1955**
Michel Butor : ***Passage de Milan*, 1954 ; *La Modification*, 1957**
Claude Simon : ***La Route des Flandres*, 1960 ; *Le Vent*, 1969**

« Non seulement ils [l'auteur et le lecteur] se méfient du personnage de roman, mais, à travers lui, ils se méfient l'un de l'autre. [...] Il est devenu le lieu de leur méfiance réciproque, le terrain dévasté où ils s'affrontent. [...] Nous sommes entrés dans l'ère du soupçon. »

Nathalie Sarraute, *L'Ère du soupçon*

À savoir

La plupart des auteur(e)s du Nouveau Roman (souvent appelé le « roman de la table rase ») ont été publiés par les Éditions de Minuit.

Marguerite Duras

Principes et thèmes

- **Refus des formes traditionnelles du roman : l'intrigue, les personnages et le réalisme des situations disparaissent ou perdent de leur importance ; l'objet, symbole de la société de consommation, prend une grande place ; place importante de la description**
- **Volonté de découvrir des formes nouvelles**
- **Le langage prime, la parole est essentielle**
- **Expérimentation des modes de narration (temporalité et chronologie abolies, disparition du point de vue omniscient, plongée dans la conscience des personnages, simultanéité des points de vue)**

Contexte historique

1945-1973 : les Trente Glorieuses
1946-1958 : IVe République
1946-1954 : guerre d'Indochine
1947 : plan Marshall et influence américaine en France ; début de la guerre froide
1949 : entrée de la France dans l'OTAN
1951 : création de la Communauté européenne du charbon et de l'acier (CECA)
1954 : début de la guerre d'Algérie
1956 : indépendance du Maroc et de la Tunisie
1957 : traité de Rome, création de la Communauté économique européenne (CEE)
1958 : début de la Ve République
1968 : mouvements sociaux
1973 : choc pétrolier, début de la crise économique

Jean Anouilh (1910-1987)

La vocation théâtrale de Jean Anouilh est précoce, nourrie des pièces vues avec ses parents ou quand il était lycéen. Il fait jouer une première pièce, *L'Hermine*, au théâtre de l'Œuvre, en 1932. Auteur prolifique (47 pièces), qui s'intéresse aussi au cinéma en tant que scénariste, il classe ses œuvres en « **pièces roses** » (*Le Bal des voleurs*, 1932, *Léocadia*, 1940), « **pièces noires** » (*Le Voyageur sans bagage*, 1937 ; *Eurydice*, 1942 ; *Antigone*, 1944), « **pièces brillantes** », « **pièces grinçantes** » (*La Valse des toréadors*, 1951 ; *L'Hurluberlu*, 1957), « **pièces costumées** » (*Becket ou l'Honneur de Dieu*, 1959), etc. Il adapte aussi Shakespeare, Oscar Wilde ou Kleist, travaille à la mise en scène de ses pièces, compose des livrets d'opéra et un recueil de *Fables* (1962). Succès critique et succès public honorent son œuvre, variée, novatrice, à la tonalité comique et satirique, teintée de pessimisme et de scepticisme, et écrite dans une langue simple et belle.

Guillaume Apollinaire (1880-1918)

Wilhelm Apollinaris de Kostrowsky, vrai nom du poète, commence à faire publier ses premiers poèmes à l'âge de vingt et un ans. Ses amours lui inspirent des **textes empreints de désir et de regrets**, comme « La chanson du mal-aimé » (1903). Poète et journaliste, il se fait peu à peu un nom dans le monde des lettres. Il manque de peu le prix Goncourt avec son recueil de contes *L'Hérésiarque et Cie* (1910). Pour Marie Laurencin, sa compagne, il écrit « Le Pont Mirabeau » ou « Zone » qui seront publiés dans ***Alcools*** (1913). Quand la Première Guerre mondiale éclate, il s'engage en tant qu'étranger (il sera naturalisé français en 1916). En septembre 1914, il rencontre Louise de Coligny-Châtillon (la fameuse « Lou »), l'une des premières aviatrices françaises, avec qui il aura une brève liaison, mais qui demeure sa muse la plus notoire (*Poèmes à Lou)*. En mars 1916, il est grièvement blessé à la tête. Il tire de son expérience des combats un recueil de poèmes, ***Calligrammes***, paru en 1918, un mois avant son mariage avec Jacqueline Kolb, l'infirmière qui le soigne. Il meurt deux jours avant l'armistice, emporté par la grippe espagnole.

Honoré de Balzac (1799-1850)

Né à Tours, Balzac écrit beaucoup, mais publie d'abord sans succès. Il décide de devenir éditeur, ce qui le conduit à ses premières dettes. En 1829, il fait paraître son premier roman sous le nom de Balzac, *Les Chouans*, et connaît enfin la renommée avec la *Physiologie du mariage*. Amoureux du luxe et de la gloire, il fréquente les salons mondains, collabore à des journaux, achète sans compter. Pour gagner de l'argent et **éponger une lourde dette**, il se plonge dans l'écriture de ***La Peau de chagrin*** (1831), des *Cent contes drolatiques* (1832-1837), etc. En 1835, il publie avec succès ***Le Père Goriot***. Pour poursuivre son travail d'écriture titanesque, il s'adjoint l'aide de collaborateurs qui font pour lui les recherches et corrigent ses épreuves. Pris dans le cycle infernal de l'endettement, il déménage souvent, se cache et se déguise pour fuir ses créanciers. Sa plus grande réussite est son œuvre littéraire, regroupée en 1841 sous le titre ***La Comédie humaine***. C'est Victor Hugo qui fera l'oraison funèbre de l'immense romancier, auteur des *Illusions perdues*.

Charles Baudelaire (1820-1867)

Après de bonnes études, Baudelaire mène une vie dissolue et contracte la syphilis auprès d'une prostituée. Pour freiner sa débauche et ses dépenses, on l'envoie aux Indes. De retour en France, il dilapide la moitié de sa part d'héritage en deux ans. Il s'endette et déménage quarante fois dans Paris pour échapper à ses créanciers. En 1842, il rencontre Jeanne Duval, qui sera la compagne intermittente de sa vie dépravée. Il se drogue à l'opium, au haschich et au laudanum, qui l'aide à supporter les atteintes de la syphilis. Critique d'art, traducteur français d'Edgar Allan Poe, il publie ***Les Fleurs du mal*** (1857), qui contiennent « La chevelure » ou « L'invitation au voyage » et lui attirent un procès pour **atteinte aux bonnes mœurs**. Entre romantisme et symbolisme, ces poèmes montrent une femme-idole inspiratrice des passions et des extases, ainsi qu'un goût pour l'**idéalisme**, teinté de bizarrerie et d'esprit décadent. Salué par les écrivains de son temps, de Hugo à Mallarmé, il est, pour Arthur Rimbaud, le « premier voyant ».

Beaumarchais (1732-1799)

Issu d'une famille bourgeoise aisée où la lecture, la musique et l'art de la conversation constituent des socles éducatifs solides, Pierre-Augustin Caron de Beaumarchais, auteur du ***Mariage de Figaro***, a aussi été éditeur, inventeur, musicien, homme d'affaires et agent secret. Introduit à la cour de Louis XV, il rencontre un financier qui l'aide à faire fortune. Parallèlement, il se met à écrire des pièces de théâtre, divertissements de cour qui lui donnent une expérience du genre. Sous l'influence de Diderot, il s'essaie au drame bourgeois avec *Eugénie* (1767). Débute alors la **trilogie « Almaviva »**, constituée du *Barbier de Séville*, du *Mariage de Figaro* et de *La Mère coupable*, un drame moral. Une grande partie de son existence se passe au service de l'État, et il profite des conflits mondiaux pour faire des affaires (vente d'armes, spéculations boursières), avant de se ruiner. À la Révolution, suspecté pour ses opinions, il est emprisonné malgré ses combats précédents contre l'absolutisme, et s'exile quelque temps en Allemagne pour fuir la Terreur.

Albert Camus (1913-1960)

La vocation littéraire de Camus, natif d'Algérie française, se développe au lycée. Diplômé de philosophie en 1936, il se tourne vers le journalisme et fonde le Théâtre du Travail. Engagé et militant, il adhère deux ans au Parti communiste. Son premier livre, *L'Envers et l'endroit* (1937), contient les germes de son œuvre future, marquée par les **souvenirs d'enfance en Algérie**, l'**absurdité du réel** et la **révolte**. Pendant la Seconde Guerre mondiale, il publie *L'Étranger* et *Le Mythe de Sisyphe* (1942), participe à la **Résistance** en dirigeant le journal *Combat* et écrit des pièces de théâtre (*Caligula*, *Le Malentendu*). En 1947, alors qu'il est devenu une figure importante des lettres et de la pensée française, paraît son roman ***La Peste***. Au déclenchement de la guerre d'Algérie, il milite pour la résolution pacifique du conflit. Il reçoit en 1957 le **prix Nobel de littérature**. Dans les années 1950, il publie *La Chute* (1956), *L'Exil et le Royaume* (1957) et ses *Chroniques algériennes* (1958). Alors qu'il est en train d'écrire une œuvre autobiographique, il décède dans un accident de la route en 1960.

Colette (1873-1954)

Colette passe une enfance heureuse en Bourgogne, choyée par sa mère Sido. Sa famille ruinée, elle déménage et rencontre le journaliste et romancier Willy, qui lui fait fréquenter les cercles artistiques parisiens et la pousse à écrire ses souvenirs d'enfance. Commence alors la **série des *Claudine*** (*Claudine à l'école*, 1900, *Claudine à Paris*, 1901, etc.), romans écrits par Colette, mais tous signés par Willy. En 1905, elle publie *Dialogues de bêtes* et divorce l'année suivante. Pour gagner sa vie, elle s'engage dans le music-hall où elle tourne pendant six ans et vit des histoires d'amour avec Missy et Renée Vivien, avant d'épouser, en 1912, le journaliste Henry de Jouvenel. Au cours de la Première Guerre mondiale, elle écrit des chroniques dans les journaux. En 1919, alors qu'elle publie ***Chéri***, elle entretient une liaison avec son jeune beau-fils Bertrand de Jouvenel, qui lui inspire ***Le Blé en herbe*** (1923). Elle collabore ensuite au livret de *L'Enfant et les Sortilèges* de Maurice Ravel (1925), se consacre à des écrits plus intimistes, mais aussi à la critique théâtrale. Membre de l'Académie royale de Belgique, elle est la **première femme à présider l'académie Goncourt**, à partir de 1949, et à recevoir des funérailles nationales, en 1954.

Denis Diderot (1713-1784)

Destiné à une carrière ecclésiastique, Diderot fait de brillantes études de théologie et philosophie. À Paris, où il perd la foi, il mène une vie de bohème, et baigne dans un monde où les idées foisonnent. Son premier écrit philosophique, *L'Essai sur le mérite et la vertu*, est suivi, un an plus tard, des *Pensées philosophiques*, dans lesquelles il vante la religion naturelle et critique le christianisme, ce qui vaut à l'ouvrage d'être brûlé. Sa production littéraire est variée, du roman libertin (*Les Bijoux indiscrets*, 1748) à l'***Encyclopédie*** (1751-1772) qui l'occupe plus de vingt ans (il y écrit plus de mille articles). Ses valeurs sont celles du **pacifisme** et de la **tolérance**, sa foi va à la **science** et au **progrès**. Touche à tout, il écrit des romans (***Jacques le fataliste et son maître***, 1778-1780), des contes, mais aussi deux drames, dont il est l'un des inventeurs, entre émotion et morale (*Le Fils naturel*, 1757 ; *Le Père de famille*, 1758).

Gustave Flaubert (1821-1880)

La vie de Gustave Flaubert n'a rien de mouvementée. À part un voyage en Orient avec son ami Maxime Du Camp, il passe la plupart de son temps dans sa maison normande de Croisset. Une maladie nerveuse et la mort de son père le font se consacrer, en rentier, à la littérature, à laquelle il voue un véritable culte. En quarante ans d'écriture, sa production littéraire n'est guère prolifique. **Quatre œuvres majeures** la composent : ***Madame Bovary*** (commencée en 1851, publiée en 1857, attaquée en justice pour atteinte aux bonnes mœurs), ***Salammbô*** (six ans d'écriture, publiée en 1862), ***L'Éducation sentimentale*** (première version en 1844, reprise en 1864, publiée en 1869), ***Trois contes*** (1877). Flaubert travaille en artisan des mots, soumettant ses textes à l'expérience du « gueuloir », théorisant dans son abondante correspondance sa conception d'un roman de la lenteur, à l'opposé du roman-feuilleton, d'un « livre sur rien [...] qui se tiendrait de lui-même par la force interne de son style ». Considéré, avec Balzac, comme le père du réalisme, il est **à l'origine du roman moderne** dont il est un maître.

Olympe de Gouges (1748-1793)

Mariée jeune à un homme riche et mûr qui la laisse veuve de bonne heure, Marie Gouze, épouse Aubry, quitte sa ville de Montauban pour Paris où elle se fait appeler Olympe de Gouges. Elle fréquente les salons, passe pour une courtisane car elle **refuse de se remarier** (pour écrire, elle aurait été obligée d'avoir le consentement de son époux), et s'intéresse au théâtre. Sa première pièce, ***Zamore et Mirza*** (1784), qui sera jouée plus tard sous le titre *L'Esclavage des Noirs*, prend parti pour la **cause abolitionniste** et elle s'attire des menaces. Parallèlement à son théâtre, elle compose des **écrits politiques** (*Réflexions sur les hommes nègres* ; *Lettre au peuple*, 1788) dans lesquels elle propose des réformes. Elle se révèle au moment de la **Révolution** par son engagement en faveur des girondins. Elle devient la **première voix féministe française**, en septembre 1791, en publiant la ***Déclaration des droits de la femme et de la citoyenne***. En 1793, alors qu'elle s'oppose à Robespierre, elle est arrêtée, jugée sommairement et guillotinée.

Victor Hugo (1802-1885)

À dix-huit ans, Victor Hugo voit paraître son premier roman, *Bug-Jargal*. À vingt-cinq ans, il est considéré comme le **chef de file du romantisme**, et publie un roman (*Han d'Islande*, 1823), des poèmes (*Odes et ballades*, 1826) et un drame (***Cromwell***, 1827) dont la **préface révolutionne le théâtre**. Il veut rénover les lettres françaises et se heurte à la censure (*Marion de Lorme*, 1829) ou à des batailles esthétiques (***Hernani***, 1830). En 1831, sort ***Notre-Dame de Paris***, qui marque un tournant dans sa carrière de romancier. Les bonheurs et les succès se multiplient : *Ruy Blas* en 1838, l'élection à l'Académie française en 1841, quand le malheur frappe en 1843 par la mort de sa fille Léopoldine. **Homme politique** à partir de 1845, il s'engage **contre la peine de mort** (*Le Dernier Jour d'un condamné*, 1829). En 1851, après le coup d'État de Louis-Napoléon Bonaparte, devenu Napoléon III, Hugo s'exile (jusqu'en 1870) pour protester et contester le second Empire. Il publie aussi deux recueils poétiques, dont ***Les Contemplations*** (1856), et un roman, ***Les Misérables*** (1862). Il meurt en 1885, escorté au Panthéon par deux millions de Français célébrant leur plus grand écrivain.

Jean de La Bruyère (1645-1696)

Issu d'une famille bourgeoise, La Bruyère poursuit des études classiques, fait ses « humanités », avant d'obtenir une licence de droit. Un temps avocat au parlement de Paris, ce qui lui permet d'observer les gens de justice, il hérite de la charge de trésorier des finances de Caen, tout en menant son existence d'honnête homme à Paris. Peu enclin à frayer avec les grands de ce monde, il devient pourtant, en 1684 et pour quelques mois, **précepteur de Louis de Bourbon**, petit-fils du grand Condé. Il fréquente alors la noblesse, qui constitue son principal champ d'observation. Il prend des notes et en tire son unique œuvre, ***Les Caractères*** (1688), livre d'un satiriste, d'un **moraliste** et d'un parfait styliste, dont le succès est immédiat et durable. Il s'attire aussi quelques ennemis. Cela ne l'empêche pas d'être élu en 1693 à l'Académie française où il relance, dans son discours de réception, la **querelle des Anciens** (dont il est le représentant) **et des Modernes**.

Mme de La Fayette (1634-1693)

Marie-Madeleine Pioche de La Vergne est issue de la petite noblesse. Elle mène une vie principalement parisienne, et fréquente savants et beaux esprits, dont son amie Mme de Sévigné. Lectrice de Mme de Scudéry, auteure d'une abondante correspondance, baignant dans le **monde de la préciosité**, elle ne tarde pas à écrire des **portraits littéraires**, comme c'est alors la mode. Elle épouse en 1655 François de La Fayette, avec qui elle vit un temps en Auvergne. À Paris, elle fréquente la cour, mais aussi La Rochefoucauld et d'autres écrivains. Elle est une fine observatrice des **galanteries des courtisans**. En 1662, paraît anonymement ***La Princesse de Montpensier***, puis, en 1669, ***Zayde, histoire espagnole***, œuvres probablement écrites à plusieurs mains. Liée d'amitié avec Madame, épouse du frère du roi, elle écrit une *Histoire de Mme Henriette d'Angleterre*. Son chef-d'œuvre, ***La Princesse de Clèves*, à l'origine du roman d'analyse**, est publié en 1678 et connaît un immense succès.

Jean de La Fontaine (1621-1695)

Le goût de la lecture, de la poésie et de la nature pousse La Fontaine, originaire de Château-Thierry, à reprendre, après son mariage, la charge paternelle de maître des eaux et forêts.

En 1657, le surintendant des Finances, **Nicolas Fouquet**, le remarque et le fait entrer à son service. La Fontaine dédie à ce ministre tout-puissant des poèmes, dont *Le Songe de Vaux*, description inachevée du château de Vaux-le-Vicomte que le surintendant a fait construire. Accusé de corruption, et trop influent pour le roi Louis XIV, qui accède alors au pouvoir, Fouquet est arrêté et emprisonné à vie. La Fontaine, qui en reste un soutien fervent, se retire cependant quelque temps. À son retour, en 1665, il publie des *Contes et nouvelles en vers* qui font sa réputation. En 1668, un premier recueil de ***Fables*** (livres I à VI), qu'il fait suivre par d'autres, en 1678 et 1679 (livres VII à XI), remporte un immense succès. Il est élu à l'Académie française en 1684, en pleine **querelle des Anciens et des Modernes**. En 1694, malade, il fait imprimer un dernier recueil de *Fables* (livre XII), renie ses **contes libertins** et meurt le 13 avril 1695.

Jean-Luc Lagarce (1957-1995)

Issu d'une famille d'ouvriers du Doubs, Jean-Luc Lagarce est très tôt attiré par le théâtre. L'année de ses vingt ans, il fonde la compagnie du Théâtre de la Roulotte, pour laquelle il écrit et met en scène. Ses premiers textes sont influencés par les **mythes et légendes de l'Antiquité**, mais aussi par Ionesco, Beckett et Genet. En 1980, il connaît son premier succès avec *Voyage de Mme Knipper vers la Prusse orientale*. Pour la Roulotte, il met en scène *Phèdre*, et *Vagues souvenirs de l'année de la peste* lui ouvre les portes du théâtre professionnel. Entre échecs cuisants et succès (*Hollywood*, 1983 ; *Derniers remords avant l'oubli*, 1987), il devient un metteur en scène réputé, notamment pour ses **adaptations de Marivaux, Molière ou Feydeau**, qui lui permettent de financer ses propres pièces. En 1988, il se découvre séropositif. ***Juste la fin du monde***, sa pièce la plus connue, est jouée en 1990. Les thématiques des **adieux**, des retrouvailles, de la **maladie** et de l'**homosexualité** parcourent le théâtre de ses dernières années.

Marivaux (1688-1763)

À dix-huit ans, Marivaux rédige sa première pièce de théâtre, *Le Père prudent et équitable*. Après des études de droit, il écrit des récits et commence à fréquenter les salons de son temps. Il y pratique l'art de la conversation galante et affine ce style précieux qu'on appellera le « **marivaudage** ». En 1720, il connaît sa première gloire théâtrale avec *Arlequin poli par l'amour*, et s'essaye, sans succès, à la tragédie. Suivent d'autres comédies sentimentales comme ***La Double Inconstance***. À partir de 1725, il fait jouer trois comédies sociales et utopiques : *L'Île des esclaves*, *L'Île de la raison* et *La Nouvelle Colonie*. Il se lance aussi dans le journalisme et commence la rédaction d'un roman, *La Vie de Marianne*, resté inachevé. En 1730, sa pièce ***Le Jeu de l'amour et du hasard*** remporte un grand succès, contrairement aux *Fausses Confidences* (1737). Marivaux fréquente alors les salons de deux femmes très influentes : Mme du Deffand et Mme de Tencin. On dit même que c'est grâce à cette dernière qu'il est **élu à l'Académie française** en 1742, battant ainsi son concurrent Voltaire.

Guy de Maupassant (1850-1893)

Guy de Maupassant naît en Normandie, région qui occupera toute sa vie une place importante. En 1870, il s'engage volontairement dans la guerre qui oppose la France à la Prusse. Deux ans plus tard, alors qu'il travaille au ministère de la Marine, il commence à écrire. Il fréquente les plus grands écrivains de son temps, comme Flaubert, Zola ou Daudet. En 1880, paraît le recueil ***Les Soirées de Médan***, dans lequel il signe « Boule de suif ». Employé au ministère de l'Instruction publique, il est aussi **journaliste** (*Le Gaulois*, *Gil Blas*, *Le Figaro*). En 1883, il publie son premier roman, ***Une vie***, puis, l'année suivante, ***Bel-Ami***. Il voyage beaucoup et suit des cures pour améliorer sa **santé fragilisée** par la syphilis. Entre 1883 et 1887, il publie *Le Horla*, puis quatre romans, dont *Mont-Oriol*. En 1892, suite à une tentative de suicide, il est interné dans la clinique du docteur Blanche où il meurt le 6 juillet 1893, laissant une œuvre importante (**six romans et plus de trois cents nouvelles**).

Molière (1622-1673)

Fils d'un tapissier du roi, Molière a pourtant la vocation du théâtre. Après ses études de droit, il abandonne tout pour fonder sa première troupe, l'Illustre Théâtre, qui fait faillite. Il se fait oublier pendant dix ans en province et revient à Paris en 1658, protégé par le frère de Louis XIV. La tragédie ne réussit guère à la troupe qui se spécialise dans la farce et la comédie. Au théâtre du Petit-Bourbon, les succès s'enchaînent : *Les Précieuses ridicules* (1659), *L'École des femmes* (1662), *Dom Juan* (1665), *Le Misanthrope* (1666), *L'Avare* (1668), *Les Fourberies de Scapin* (1671), *Les Femmes savantes* (1672). Le succès lui vaut des ennemis qui tentent, au nom de la religion, de **faire interdire ses pièces** (*Tartuffe*, 1669). **Inventeur de la comédie-ballet** (*Le Bourgeois gentilhomme*, 1670), divertissement auquel prend parfois part le roi Louis XIV à Versailles, il renouvelle le théâtre de son temps en **donnant au comique une valeur morale** : il veut plaire et, pour cela, modernise la manière de jouer.

Michel de Montaigne (1533-1592)

L'éducation de Montaigne le pousse très tôt vers les **auteurs antiques** qui nourriront sa pensée tout au long de son existence. Il étudie la philosophie et le droit avant d'être conseiller à la cour des aides de Périgueux, puis élu au parlement de Bordeaux. En 1558, il rencontre Étienne de La Boétie, ami qu'il perd cinq ans plus tard, le conduisant à se replier sur lui-même, nourri de méditations et de lectures. À la mort de son père et de cinq de ses six filles, il se retire des affaires et commence à rédiger, en pleine **guerre de Religion**, les ***Essais***, une œuvre qui mêle **autobiographie**, rêverie et **réflexions philosophiques**. L'ouvrage est publié en deux tomes en 1580. Un long voyage en Europe est interrompu par son élection à la mairie de Bordeaux. En 1585, la peste le fait fuir. Sa retraite forcée le conduit à réviser les *Essais*, dont un troisième volume paraît en 1588. La fin de sa vie est chaotique : les guerres de Religion se poursuivent, il est **emprisonné** lors des journées de Barricades et meurt d'une inflammation des amygdales en 1592.

Montesquieu (1689-1755)

Le riche mariage de Montesquieu, ses vignobles, sa charge de parlementaire, son statut d'avocat ne sauraient réduire cet esprit universel, curieux de toutes choses (histoire, politique, géographie, physique…). En 1721, il fait paraître anonymement ***Lettres persanes***, un **roman épistolaire satirique**. Le succès de l'ouvrage lui ouvre les portes de l'Académie française, en 1728. Il entreprend alors un **grand tour d'Europe**. À son retour, il se retire près de Bordeaux et restitue par écrit le fruit de ses observations. De nombreux ouvrages sont alors publiés, dans une période riche en mondanités (salons, Académie, etc.), comme *Considérations sur les causes de la grandeur des Romains et de leur décadence*, ouvrage d'histoire politique qui annonce ***De l'esprit des lois*** (1748). Attaqué pour son déisme et **ses critiques de l'Église**, le livre est mis à l'Index en 1751 et son auteur considéré comme ennemi de la morale et de la religion. Il travaille jusqu'à sa mort à une nouvelle édition.

Abbé Prévost (1697-1763)

La vie d'Antoine-François Prévost est restée mystérieuse. En 1721, il prononce ses vœux mais, **séducteur et indépendant d'esprit**, il ne semble pas fait pour la vie monastique. En 1722, il rédige les deux premiers tomes des *Mémoires et aventures d'un homme de qualité qui s'est retiré du monde*, qui connaissent en 1728 un vif **succès dans les salons** parisiens. N'obtenant pas son transfert dans une autre abbaye, il quitte son monastère sans autorisation. Menacé d'être emprisonné, il **fuit en Angleterre**, puis à Amsterdam sous le nom de M. d'Exiles. C'est là qu'il commence la rédaction de *Cleveland* (1731). Occupé à de multiples traductions, il rencontre en Hollande la scandaleuse Hélène Eckhardt, sans doute la source d'inspiration de ***Manon Lescaut*** (1733). En 1736, il devient l'aumônier du prince de Conti, fréquente le salon de Mme de Tencin et poursuit son œuvre immense, faite de romans, de traductions, de milliers d'articles de journaux et d'une *Histoire des voyages* en quinze volumes.

François Rabelais (1483 ou 1494-1553)

On sait peu de choses des premières années de Rabelais. Moine chez les cordeliers puis chez les bénédictins, plus libéraux, il étudie, entres autres, l'histoire religieuse et la médecine, qui lui font renoncer un temps à l'ordre monastique. En 1532, il est nommé médecin à Lyon, l'année où il publie, sous l'anagramme Alcofrybas Nasier, son premier livre, ***Pantagruel***. En 1533, il suit l'évêque de Paris à Rome, et étudie la topographie antique de la ville. De retour à Lyon, il publie, en 1535, ***Gargantua***, toujours sous pseudonyme. Satire de l'enseignement, chanson de geste parodique, exposant un idéal moral nouveau, **l'humanisme**, tournant en dérision la superstition, **l'œuvre est censurée**. L'affaire des Placards, point de départ des guerres de Religion, pousse Rabelais à revenir dans le giron de l'Église. Il est autorisé, sans pouvoir toutefois disséquer, à exercer la médecine en tant que moine. Entre Italie et France, Rabelais fréquente les humanistes de son temps, et continue à publier des ouvrages condamnés par la Sorbonne, *Le Tiers Livre* (1546), *Le Quart Livre* (1552).

Arthur Rimbaud (1854-1891)

Au collège de Charleville, Rimbaud lit Hugo et les parnassiens, et écrit des poèmes. Il y exprime sa **révolte contre la société bourgeoise**, ses émois sensuels. Quand la guerre de 1870 éclate, il fait plusieurs fugues pour rejoindre Paris, puis participer aux éclats de la Commune, à laquelle il adhère. En 1871, il écrit « **Le bateau ivre** » et la *Lettre du voyant*, qui donnent de nouvelles directions à la poésie et lui ouvrent la voie de la **modernité**. Il envoie ses poèmes à **Paul Verlaine**, qui l'accueille à Paris. Ensemble, ils mènent une vie dissolue au sein du Quartier latin (drogue, alcool) avant d'errer un an en Europe, formant un couple infernal (Rimbaud est blessé par son amant d'un coup de revolver). De 1870 à 1873, il écrit ***Une saison en enfer***, le seul recueil publié de son vivant, puis les *Illuminations*. Il arrête alors d'écrire. Toute son œuvre, une centaine pages, a été **composée entre 15 et 20 ans.** Commence alors une vie d'errance à travers le monde : mercenaire, commerçant, trafiquant d'armes et d'ivoire mais plus jamais poète, il est rapatrié en 1891 à Marseille où il meurt à l'âge de 37 ans.

Jean-Jacques Rousseau (1712-1778)

L'enfance à Genève et les émois dans la campagne suisse font l'objet des premiers chapitres des ***Confessions***, l'autobiographie – la première du genre – de Rousseau. Les débuts de l'âge adulte sont remplis de péripéties et de voyages sur les routes de France et d'Europe. Il se fait connaître comme écrivain à l'occasion d'un prix qu'il reçoit pour son *Discours sur les sciences et les arts*, en 1750. Il fréquente Diderot, écrit des articles sur la musique pour l'***Encyclopédie*** avant de s'éloigner des philosophes de son temps. Son *Discours sur l'origine de l'inégalité* (1755) expose sa vision de l'homme originel, corrompu par la société. En 1761, il publie le roman épistolaire ***Julie ou la Nouvelle Héloïse***, puis des essais sur la politique (*Du contrat social*, 1762) et l'éducation. Le traité *Émile ou De l'éducation*, en 1762, qui contient une **apologie de la religion sans dogme**, lui vaudra des années d'errance pour échapper aux persécutions. Ses deux dernières œuvres, posthumes, sont autobiographiques : *Les Confessions* et *Les Rêveries du promeneur solitaire*.

Nathalie Sarraute (1900-1999)

D'origine russe, Natacha Tcherniak passe son enfance entre France et Russie. Après des études d'anglais, d'histoire, de sociologie et de droit (à Paris, Oxford et Berlin), elle devient avocate. Lectrice de Proust, de Joyce et de Woolf, elle est influencée par **l'intériorité de la narration**. Elle publie ***Tropismes*** avant la guerre. En 1940, elle est radiée du barreau en raison du statut des Juifs et vit dans la clandestinité, sous un faux nom, avec ses filles jusqu'à la Libération. *Portrait d'un inconnu* (1948) poursuit la recherche esthétique qui annonce le **Nouveau Roman**, qu'elle théorise dans *Essais sur le roman*, repris dans ***L'Ère du soupçon*** (1956). En 1959, elle fait paraître *Le Planétarium* puis commence à écrire pour le théâtre : *Le Silence*, *Le Mensonge* (1967), puis *Pour un oui ou pour un non* (1982). Elle devient la **doyenne des lettres françaises** à la publication de son **autobiographie *Enfance*** (1983), et meurt presque centenaire en 1999.

Stendhal (1783-1842)

Après des études de mathématiques, Henri Beyle entre pour deux ans dans l'armée, en 1800, qui lui permet de découvrir l'Italie, qui le fascine. À son départ de l'armée, il cherche en vain une carrière à Paris, s'essaye à l'écriture dramatique, et retourne à l'armée, en tant qu'intendant, en Allemagne (près d'une **ville appelée Stendal**) et en Autriche. Conseiller d'État, il participe à la **campagne de Russie**. Il ne quitte l'armée qu'à la chute du premier Empire, en 1814. Il s'installe alors à Milan, où il écrit sur la peinture et la musique. En 1817, il publie *Rome, Naples et Florence* sous le pseudonyme de « M. de Stendhal ». De retour à Paris en 1821, il écrit *De l'amour* (1822). Son premier succès, ***Le Rouge et le Noir***, paraît en 1830. Sous la Restauration, il est nommé consul à Trieste. En 1839, il met en scène la vie de Fabrice del Dongo dans ***La Chartreuse de Parme***. Il meurt en 1842, laissant derrière lui de nombreux **manuscrits inachevés** (*Lucien Leuwen*, *Vie de Henry Brulard* ou une *Vie de Napoléon*).

Jules Vallès (1832-1885)

À Paris, s'éveillent les **idées politiques républicaines** de Jules Vallès : il manifeste contre le coup d'État du 2 décembre 1851. Interné par son père, le jeune homme a l'esprit rebelle (un complot contre Napoléon III l'envoie en prison en 1853). Pour sortir de sa vie de misère, il commence à collaborer à des journaux, dont *Le Figaro*. En 1866, il publie son premier livre, *Les Réfractaires*, puis *La Rue*, et crée un journal du même nom. **Polémiste-né**, il choque par la virulence de ses écrits. En 1871, il fonde *Le Cri du peuple* et devient **membre de la Commune**. Vallès est l'un des derniers sur les barricades de ce mouvement, en mai 1871. Fuyant la répression et les exécutions sommaires, il quitte la France pour l'Angleterre, **condamné à mort** par contumace en 1872. De Londres, il poursuit, sous pseudonymes, sa carrière de **journaliste**. En 1876, il commence à rédiger ce qui deviendra ***L'Enfant***, premier volet de sa trilogie *Jacques Vingtras*. Le livre, qui évoque la tyrannie maternelle, paraît en 1881, un an après son retour en France. Il est suivi la même année du *Bachelier* et de *L'Insurgé*, en 1886.

Paul Verlaine (1844-1896)

Natif de Metz, Verlaine a passé son enfance, comme la plupart de son existence, à Paris. Poète précoce, il fréquente les parnassiens et publie, en 1866, ***Poèmes saturniens***, son premier recueil. Trois ans plus tard, il fait paraître *Les Fêtes galantes*, puis se marie avec Mathilde Mauté, à qui il dédie le recueil *La Bonne Chanson* (1870). Violent et porté sur la bouteille, Verlaine trouve en **Arthur Rimbaud**, le jeune poète auteur du « Bateau ivre », un compagnon de débauche, ruinant définitivement son mariage. Leur passion est mouvementée, marquée par les disputes. En 1873, Verlaine **tire sur son amant** et écope de deux ans de prison. Il en ressort assagi, repenti et converti. Les poèmes de ce temps sont recueillis dans *Sagesse* (1880). Quatre ans plus tard, il révèle Mallarmé et Rimbaud dans une série d'articles consacrés aux *Poètes maudits*. Célébré comme « **prince des poètes** » dès 1894, il n'est déjà plus, depuis le milieu des années 1880, qu'un clochard et qu'un ivrogne, vivant d'aumônes et d'écrits alimentaires. Il meurt à 51 ans.

Jules Verne (1828-1905)

Issu de la bourgeoisie, Jules Verne se lance rapidement dans l'écriture. À Paris, où il poursuit des études de droit, il **fréquente Alexandre Dumas** et décide de se consacrer à la littérature. Il rédige notamment des nouvelles qui annoncent ses futurs **romans d'aventures**. Agent de change et écrivain, il découvre un jour la traduction par Baudelaire des *Aventures d'Arthur Gordon Pym* d'Edgar Allan Poe, qui influence définitivement sa vocation. L'**éditeur Hetzel**, qui publiera désormais toutes ses œuvres, lui propose d'écrire, dans ses *Voyages extraordinaires*, le résumé des connaissances apportées par la science moderne. De là naissent parmi les romans les plus célèbres de la littérature française : *Cinq semaines en ballon* (1863), *Voyage au centre de la Terre* (1864), ***Vingt mille lieues sous les mers*** (1869-1870), ***Le Tour du monde en quatre-vingts jours*** (1872), *L'Île mystérieuse* (1875) et des dizaines d'autres. L'inspiration lui vient de son époque, des **nouvelles inventions** et des contrées jamais explorées. Son œuvre riche et monumentale interroge l'évolution du monde et de la société.

Voltaire (1694-1778)

Voltaire, dramaturge tragique à succès (*Œdipe*, 1718 ; *Zaïre*, 1732) semble de prime abord le parfait héritier du classicisme. Son **exil en Angleterre** (1726-1728) change tout : il subit l'influence de la littérature et de la pensée anglaises et en rapporte les ***Lettres philosophiques*** (1734), qui annoncent le programme des Lumières (raison, tolérance et liberté). Il s'illustre alors dans tous les genres : théâtre, histoire, philosophie, poésie. Il s'essaie même à un genre mineur : le **conte philosophique** (*Zadig*, 1747). Après une expérience peu concluante au plus près du pouvoir, à la cour de Frédéric II de Prusse, il s'installe à la frontière suisse et participe à **l'*Encyclopédie***, écrit ***Candide*** (1759), mais aussi le *Dictionnaire philosophique* (1764). Entre 1760 et 1770, il est le **défenseur des injustices et de l'intolérance religieuse** (affaires Calas et du chevalier de La Barre). Son engagement, la variété de sa production et sa longévité font de Voltaire un phare du XVIIIe siècle, annonciateur de la Révolution et de la libre pensée.

Marguerite Yourcenar (1903-1987)

Née à Bruxelles, Marguerite Cleenewerck de Crayencour obtiendra la nationalité américaine en 1947. Issue d'une famille aisée et cultivée, elle bénéficie très tôt d'une éducation marquée par la **culture antique** et les voyages. En 1912, elle s'installe à Paris avec son père et publie, en 1921, *Le Jardin des chimères*, sous le pseudonyme de Marg. Yourcenar (anagramme de « Crayencour »). En 1929, elle est remarquée par la critique à la publication d'*Alexis ou le Traité du vain combat*. Auteure de *Feux* (1936) et de traductions (*Les Vagues* de Virginia Woolf, 1937), elle rejoint aux États-Unis sa compagne Grace Frick, qui sera aussi la traductrice de ses œuvres en anglais. Là-bas, elle enseigne le français et l'italien, s'engageant dans les **luttes antiracistes**, pacifistes et écologistes. En 1949, elle écrit les ***Mémoires d'Hadrien*** (1951). *L'Œuvre au noir*, paru en 1968, obtient le prix Femina. La mort de Grace Frick la déstabilise : elle poursuit néanmoins son œuvre et ses voyages. En 1980, elle devient la **première femme élue à l'Académie française**.

Émile Zola (1840-1902)

Fils d'émigré italien, Zola effectue de brèves études, qu'il complète par un goût de la lecture et la fréquentation des artistes de son temps. Chef de publicité pour la maison Hachette, puis journaliste, il côtoie le monde de la littérature et de la politique. En 1867, il fait paraître son premier roman, *Thérèse Raquin*. Mais il entreprend son grand œuvre, l'année suivante, pour l'achever en 1893 : ***Les Rougon-Macquart*, ensemble de vingt romans**, dont le sous-titre, « Histoire naturelle et sociale d'une famille sous le second Empire », explique le projet **naturaliste**. Il devient le chef de file de ce courant s'appuyant sur l'observation clinique du monde (il le théorise dans *Le Roman expérimental*, en 1880). Parmi les romans les plus célèbres de cette fresque héritière de *La Comédie humaine* de Balzac, on compte *La Curée* (1871), *L'Assommoir* (1877), ***Nana*** (1880), ***Au Bonheur des dames*** (1883) ou encore *Germinal* (1885). Il s'engage en 1898 dans l'affaire Dreyfus en publiant dans *L'Aurore* son célèbre **« J'accuse ! »**. Il meurt asphyxié en 1902, probablement accidentellement.

La première partie de l'épreuve orale

• La première partie de l'oral de l'épreuve anticipée de français porte sur l'un des textes étudiés en classe durant l'année, dans le cadre d'un groupement de textes ou d'une œuvre intégrale. La **longueur** des textes à commenter est **d'une vingtaine de lignes**.

La première partie de l'épreuve se déroule en **12 minutes** et rapporte **12 points**.

• L'examinateur propose deux textes appartenant à deux objets d'étude différents (la **poésie**, la **littérature d'idées**, le **roman et le récit**, le **théâtre**).

Une fois le texte choisi par le candidat, **la question de grammaire lui est donnée**. Il dispose alors de **30 minutes** **pour préparer** son explication de texte et la réponse à la question de grammaire.

• **Le candidat doit :**
– **présenter brièvement le texte choisi**, en le situant dans l'œuvre ou dans le parcours associé, puis **lire le texte** à voix haute avec justesse, pertinence et expressivité (2 points) ;
– **expliquer le texte** de manière linéaire (8 points).

LA MÉTHODE PAS À PAS

Faire l'explication linéaire d'un court passage nécessite d'analyser la construction du texte, et de trouver, à partir des observations, une ligne directrice **(la problématique)** qui permette d'aborder dans sa globalité l'interprétation du texte et d'en montrer l'originalité, en associant forme et fond.

Enfin, le candidat doit répondre à la question de grammaire associée au texte (2 points).

LA MÉTHODE PAS À PAS

Il s'agit d'**analyser avec précision la structure d'une phrase** (repérage et analyse des **propositions**, étude de l'enchaînement des propositions dans la **phrase complexe**), de **connaître le fonctionnement de l'interrogation et de la négation**, de **maîtriser l'analyse des rapports logiques**. Il importe donc de se faire des fiches de révision et d'apprendre à observer la construction syntaxique des phrases des textes qu'on étudie.

La seconde partie de l'épreuve orale

- La seconde partie de l'épreuve consiste à **présenter une œuvre que le candidat a choisie**. Il s'agit d'une œuvre étudiée en classe ou proposée par l'enseignant comme lecture cursive.

Elle dure **8 minutes** et se compose de **deux parties**.

- **Le candidat doit tout d'abord faire une brève présentation de l'œuvre** (auteur(e), titre, date, genre, mouvement littéraire, thématique…) suivie d'une explication pertinente des **raisons du choix** de l'œuvre et d'une **justification du lien entre l'œuvre, le parcours et l'objet d'étude** (**2 ou 3 minutes**).

LA MÉTHODE PAS À PAS

Il est important que l'examinateur puisse constater que vous vous êtes **approprié l'œuvre que vous présentez**, que vous adoptez une **posture de lecteur**. Montrez que vous avez compris les **enjeux essentiels** de l'œuvre et que vous savez **argumenter**.

- **L'épreuve se poursuit par un entretien avec l'examinateur**, sous la forme d'un **échange** portant sur les thèmes, les personnages, des épisodes du livre, les impressions de lecture, la réception de l'œuvre par le candidat, les œuvres artistiques et littéraires qui font écho à celle présentée, la manière dont le candidat s'est approprié l'œuvre (carnet de lecture par exemple), etc. (**5 ou 6 minutes**).

LA MÉTHODE PAS À PAS

Vous devez vous montrer ouvert et curieux. Vos **réponses** sont **développées et précises**. Vous devez faire preuve d'une bonne connaissance de l'œuvre, mais aussi des **liens** que vous établissez entre elle et d'autres domaines artistiques. Vous pouvez utiliser le livre pour faire des citations, vous servir de votre carnet de lecture pour montrer la manière dont vous vous êtes emparé de l'œuvre. Votre **culture** et votre **sensibilité**, tout comme vos **compétences d'analyse et d'interprétation**, seront évaluées.

Conseils pour préparer les épreuves et passer à l'oral

Toute l'année

- Constituez-vous, à l'aide de votre carnet de lecture, une **connaissance solide des œuvres** : interrogez-vous sur les **enjeux des ouvrages** étudiés, sur vos impressions et opinions ; cherchez et creusez les **liens** que vous pouvez établir avec d'autres œuvres artistiques ; **anticipez** les questions de l'examinateur.
- **Relisez régulièrement** les textes étudiés et leurs commentaires.
- Préparez la question de grammaire : le nombre de notions étant limité, **faites-vous des fiches** et interrogez ces notions dans vos textes.
- Entraînez-vous à une **lecture à voix haute** expressive, fluide et articulée.
- Préparez la **présentation** des œuvres (voir page 35).
- **Entraînez-vous**, seuls ou à plusieurs, afin de prendre l'habitude de répondre de manière développée à des **questions à l'oral**.

Avant l'épreuve et en entrant dans la salle d'examen

- Préparez votre convocation, votre pièce d'identité, le descriptif des œuvres, les textes étudiés en double, les œuvres intégrales et une montre (non connectée).
- Ne manifestez pas votre stress, ne négociez pas le sujet, ne montrez ni votre déception, ni votre satisfaction au moment du choix du sujet.

Au cours de la préparation

Gérez bien votre brouillon : **n'écrivez qu'au recto de vos feuilles** pour tout avoir sous les yeux et éviter de vous emmêler ; numérotez vos feuillets ; utilisez des couleurs et des mots clés pour vous repérer facilement.

Au moment de l'oral (exposé et entretien)

- Ne lisez pas votre brouillon et **regardez votre examinateur** de temps à autre.
- Veillez à ce que vos **propos** soient **précis** et sans familiarités.
- Faites attention à ce que vos **réponses** ne soient **ni trop courtes ni trop longues**.
- Soyez nuancé(e), ouvert(e), surtout si l'examinateur insiste sur un aspect de votre réponse.

À la fin de l'oral

- Restez poli(e) et courtois(e) et ramassez vos affaires sans précipitation.

Mes lectures

ROMAN/RÉCIT n° 1 :

Titre : ……………………………………………

Parcours associé : ……………………………………………

Auteur(e) : ……………………………………………

Siècle et dates (naissance – mort) : ……………………………

Œuvres majeures : • ……………………………………

• ……………………………………

• ……………………………………

• ……………………………………

Événements clés de sa vie littéraire (style, idées, théories)

……………………………………………………………………

……………………………………………………………………

……………………………………………………………………

L'œuvre

Genre

○ roman ○ nouvelle ○ conte ○ témoignage ○ épopée ○ ……

Registre

○ réaliste ○ fantastique ○ épistolaire ○ science-fiction

○ historique ○ d'aventures ○ autobiographique ○ ……

Date de l'œuvre : ……………………………………………

Mouvement ou courant littéraire : ……………………………………

Contexte historique

....

....

....

....

Repères culturels

Autres auteur(e)s de son temps : ....

....

....

Peintres ou artistes de son époque : ....

....

....

THÈMES DU TEXTE

....

....

....

....

....

....

→ *En voyant la couverture et le titre, je m'attendais à :*

....

....

....

ROMAN/RÉCIT n° 1 : ....

→ Ce que le début du livre laisse attendre :

....

....

....

....

....

→ Mes impressions à la lecture des premières pages :

....

....

....

→ Les principaux thèmes abordés et ce que j'en pense :

....

....

....

....

....

→ LA FIN DU LIVRE ET CE QUE J'EN PENSE :

....

....

....

....

Les moments forts du texte :

1 Pages ....-.... : ....

....

....

2 Pages ....-.... : ....

....

....

3 Pages ....-.... : ....

....

....

4 Pages ....-.... : ....

....

....

Les extraits ou phrases qui m'ont marqué(e) :

« ....

....

....

....

....

....

....

....

.... »

ROMAN/RÉCIT n° 1 : ……………………………………

Les principaux personnages

Nom : ……………………………………

Rôle dans le récit : ……………………………………

……………………………………

……………………………………

Potrait (physique/moral) : ……………………………………

……………………………………

Ce que je pense de lui : ……………………………………

……………………………………

……………………………………

Nom : ……………………………………

Rôle dans le récit : ……………………………………

……………………………………

……………………………………

Potrait (physique/moral) : ……………………………………

……………………………………

Ce que je pense de lui : ……………………………………

……………………………………

……………………………………

Les autres personnages

Nom : ....

Rôle dans le récit : ....

....

....

....

Nom : ....

Rôle dans le récit : ....

....

....

....

Nom : ....

Rôle dans le récit : ....

....

....

....

Nom : ....

Rôle dans le récit : ....

....

....

....

Mon personnage préféré : ....

Ce qui m'intéresse le plus chez lui :

....

....

....

....

....

....

....

ROMAN/RÉCIT n° 1 : ....

Les questions que je poserais à l'auteur(e) si je pouvais l'interviewer :

....

....

....

....

....

....

....

....

Ce qui m'a plu et pourquoi (histoire, thème, personnages, style…)	**Ce qui m'a déplu et pourquoi** (histoire, thème, personnages, style…)

→ Si je devais rédiger une critique de ce livre :

....

....

....

....

....

....

Les autres œuvres que je pourrais associer à celle-ci :

....

....

....

SI JE DEVAIS CHOISIR UNE AUTRE COUVERTURE, JE REPRÉSENTERAIS :

....

....

....

....

....

....

APRÈS AVOIR REFERMÉ LE LIVRE (MES IMPRESSIONS, MES SENTIMENTS, MES RÉACTIONS) :

....

....

....

....

....

....

....

....

....

ROMAN/RÉCIT n° 2 :

Titre : ....

Parcours associé : ....

Auteur(e) : ....

Siècle et dates (naissance – mort) **:** ....

Œuvres majeures :

- ....
- ....
- ....
- ....

Événements clés de sa vie littéraire (style, idées, théories)

....

....

....

L'œuvre

Genre

○ roman ○ nouvelle ○ conte ○ témoignage ○ épopée ○ ....

Registre

○ réaliste ○ fantastique ○ épistolaire ○ science-fiction

○ historique ○ d'aventures ○ autobiographique ○ ....

Date de l'œuvre : ....

Mouvement ou courant littéraire : ....

Contexte historique

....

....

....

....

Repères culturels

Autres auteur(e)s de son temps : ....

....

....

Peintres ou artistes de son époque : ....

....

....

THÈMES DU TEXTE

....

....

....

....

....

....

→ *En voyant la couverture et le titre, je m'attendais à :*

....

....

....

ROMAN/RÉCIT n° 2 : ....

→ Ce que le début du livre laisse attendre :

....

....

....

....

....

→ Mes impressions à la lecture des premières pages :

....

....

....

→ Les principaux thèmes abordés et ce que j'en pense :

....

....

....

....

....

→ LA FIN DU LIVRE ET CE QUE J'EN PENSE :

....

....

....

....

Les moments forts du texte :

1 Pages ....-.... : ....

....

....

2 Pages ....-.... : ....

....

....

3 Pages ....-.... : ....

....

....

4 Pages ....-.... : ....

....

....

Les extraits ou phrases qui m'ont marqué(e) :

« ....

....

....

....

....

....

....

....

.... »

ROMAN/RÉCIT n° 2 : ……………………

Les principaux personnages

Nom : ……………………

Rôle dans le récit : ……………………

……………………

……………………

Potrait (physique/moral) : ……………………

……………………

Ce que je pense de lui : ……………………

……………………

……………………

Nom : ……………………

Rôle dans le récit : ……………………

……………………

……………………

Potrait (physique/moral) : ……………………

……………………

Ce que je pense de lui : ……………………

……………………

……………………

Les autres personnages

Nom : ....

Rôle dans le récit : ....

....

....

....

Nom : ....

Rôle dans le récit : ....

....

....

....

Nom : ....

Rôle dans le récit : ....

....

....

....

Nom : ....

Rôle dans le récit : ....

....

....

....

Mon personnage préféré : ....

Ce qui mintéresse le plus chez lui :

....

....

....

....

....

....

....

ROMAN/RÉCIT n° 2 : ....

Les questions que je poserais à l'auteur(e) si je pouvais l'interviewer :

....

....

....

....

....

....

....

....

Ce qui m'a plu et pourquoi (histoire, thème, personnages, style…)	**Ce qui m'a déplu et pourquoi** (histoire, thème, personnages, style…)

→ Si je devais rédiger une critique de ce livre :

....

....

....

....

....

....

Les autres œuvres que je pourrais associer à celle-ci :

....

....

....

SI JE DEVAIS CHOISIR UNE AUTRE COUVERTURE, JE REPRÉSENTERAIS :

....

....

....

....

....

....

APRÈS AVOIR REFERMÉ LE LIVRE (MES IMPRESSIONS, MES SENTIMENTS, MES RÉACTIONS) :

....

....

....

....

....

....

....

....

....

ROMAN/RÉCIT n° 3 :

Titre : ....

Parcours associé : ....

Auteur(e) : ....

Siècle et dates (naissance – mort) : ....

Œuvres majeures :
- ....
- ....
- ....
- ....

Événements clés de sa vie littéraire (style, idées, théories)

....

....

....

L'œuvre

Genre

◯ roman ◯ nouvelle ◯ conte ◯ témoignage ◯ épopée ◯ ....

Registre

◯ réaliste ◯ fantastique ◯ épistolaire ◯ science-fiction

◯ historique ◯ d'aventures ◯ autobiographique ◯ ....

Date de l'œuvre : ....

Mouvement ou courant littéraire : ....

Contexte historique

....

....

....

....

Repères culturels

Autres auteur(e)s de son temps : ....

....

....

Peintres ou artistes de son époque : ....

....

....

THÈMES DU TEXTE

....

....

....

....

....

....

→ *En voyant la couverture et le titre, je m'attendais à :*

....

....

....

ROMAN/RÉCIT n° 3 : ....

→ Ce que le début du livre laisse attendre :

....

....

....

....

....

→ Mes impressions à la lecture des premières pages :

....

....

....

→ Les principaux thèmes abordés et ce que j'en pense :

....

....

....

....

....

→ LA FIN DU LIVRE ET CE QUE J'EN PENSE :

....

....

....

....

Les moments forts du texte :

1 Pages ....-.... : ....

....

....

2 Pages ....-.... : ....

....

....

3 Pages ....-.... : ....

....

....

4 Pages ....-.... : ....

....

....

Les extraits ou phrases qui m'ont marqué(e) :

« ....

....

....

....

....

....

....

....

.... »

ROMAN/RÉCIT n° 3 : ....

Les principaux personnages

Nom : ....

Rôle dans le récit : ....

....

....

Potrait (physique/moral) : ....

....

Ce que je pense de lui : ....

....

....

Nom : ....

Rôle dans le récit : ....

....

....

Potrait (physique/moral) : ....

....

Ce que je pense de lui : ....

....

....

Les autres personnages

Nom : ....

Rôle dans le récit : ....
....
....
....

Nom : ....

Rôle dans le récit : ....
....
....
....

Nom : ....

Rôle dans le récit : ....
....
....
....

Nom : ....

Rôle dans le récit : ....
....
....
....

Mon personnage préféré : ....

Ce qui m'intéresse le plus chez lui :

....
....
....
....
....
....
....

ROMAN/RÉCIT n° 3 : ....

Les questions que je poserais à l'auteur(e) si je pouvais l'interviewer :

....

....

....

....

....

....

....

....

Ce qui m'a plu et pourquoi (histoire, thème, personnages, style…)	**Ce qui m'a déplu et pourquoi** (histoire, thème, personnages, style…)

→ Si je devais rédiger une critique de ce livre :

....

....

....

....

....

....

Les autres œuvres que je pourrais associer à celle-ci :

....

....

....

SI JE DEVAIS CHOISIR UNE AUTRE COUVERTURE, JE REPRÉSENTERAIS :

....

....

....

....

....

....

APRÈS AVOIR REFERMÉ LE LIVRE (MES IMPRESSIONS, MES SENTIMENTS, MES RÉACTIONS) :

....

....

....

....

....

....

....

....

....

ROMAN/RÉCIT n° 4 :

Titre : ……………………………………………………

Parcours associé : ……………………………………………………

Auteur(e) : ……………………………………………………

Siècle et dates (naissance – mort) : ……………………………………

Œuvres majeures :
- ……………………………………
- ……………………………………
- ……………………………………
- ……………………………………

Événements clés de sa vie littéraire (style, idées, théories)

……………………………………………………………………………

……………………………………………………………………………

……………………………………………………………………………

L'œuvre

Genre

○ roman ○ nouvelle ○ conte ○ témoignage ○ épopée ○ …………

Registre

○ réaliste ○ fantastique ○ épistolaire ○ science-fiction
○ historique ○ d'aventures ○ autobiographique ○ …………

Date de l'œuvre : ……………………………………………………

Mouvement ou courant littéraire : ……………………………………

Contexte historique

Repères culturels

Autres auteur(e)s de son temps :

Peintres ou artistes de son époque :

THÈMES DU TEXTE

→ *En voyant la couverture et le titre, je m'attendais à :*

ROMAN/RÉCIT n° 4 : ....

→ Ce que le début du livre laisse attendre :

....

....

....

....

....

→ Mes impressions à la lecture des premières pages :

....

....

....

→ Les principaux thèmes abordés et ce que j'en pense :

....

....

....

....

....

→ LA FIN DU LIVRE ET CE QUE J'EN PENSE :

....

....

....

....

Les moments forts du texte :

1 Pages ....-.... : ....

....

....

2 Pages ....-.... : ....

....

....

3 Pages ....-.... : ....

....

....

4 Pages ....-.... : ....

....

....

Les extraits ou phrases qui m'ont marqué(e) :

« ....

....

....

....

....

....

....

....

.... »

Les principaux personnages

Nom : ....

Rôle dans le récit : ....

....

....

Potrait (physique/moral) : ....

....

Ce que je pense de lui : ....

....

....

Nom : ....

Rôle dans le récit : ....

....

....

Potrait (physique/moral) : ....

....

Ce que je pense de lui : ....

....

....

Les autres personnages

Nom : ....

Rôle dans le récit : ....

....

....

....

Nom : ....

Rôle dans le récit : ....

....

....

....

Nom : ....

Rôle dans le récit : ....

....

....

....

Nom : ....

Rôle dans le récit : ....

....

....

....

Mon personnage préféré : ....

Ce qui m'intéresse le plus chez lui :

....

....

....

....

....

....

....

ROMAN/RÉCIT n° 4 :

Les questions que je poserais à l'auteur(e) si je pouvais l'interviewer :

Ce qui m'a plu et pourquoi (histoire, thème, personnages, style…)	**Ce qui m'a déplu et pourquoi** (histoire, thème, personnages, style…)

→ Si je devais rédiger une critique de ce livre :

Les autres œuvres que je pourrais associer à celle-ci :

....

....

....

SI JE DEVAIS CHOISIR UNE AUTRE COUVERTURE, JE REPRÉSENTERAIS :

....

....

....

....

....

....

APRÈS AVOIR REFERMÉ LE LIVRE (MES IMPRESSIONS, MES SENTIMENTS, MES RÉACTIONS) :

....

....

....

....

....

....

....

....

....

ROMAN/RÉCIT n°5 :

Titre : ....

Parcours associé : ....

Auteur(e) : ....

Siècle et dates (naissance – mort) : ....

Œuvres majeures :
- ....
- ....
- ....
- ....

Événements clés de sa vie littéraire (style, idées, théories)

....

....

....

L'œuvre

Genre

○ roman ○ nouvelle ○ conte ○ témoignage ○ épopée ○ ....

Registre

○ réaliste ○ fantastique ○ épistolaire ○ science-fiction
○ historique ○ d'aventures ○ autobiographique ○ ....

Date de l'œuvre : ....

Mouvement ou courant littéraire : ....

Contexte historique

....

....

....

....

Repères culturels

Autres auteur(e)s de son temps : ....

....

....

Peintres ou artistes de son époque : ....

....

....

THÈMES DU TEXTE

....

....

....

....

....

....

→ *En voyant la couverture et le titre, je m'attendais à :*

....

....

....

ROMAN/RÉCIT n° 5 :

→ Ce que le début du livre laisse attendre :

→ Mes impressions à la lecture des premières pages :

→ Les principaux thèmes abordés et ce que j'en pense :

→ LA FIN DU LIVRE ET CE QUE J'EN PENSE :

Les moments forts du texte :

1 Pages ....-.... : ....

....

....

2 Pages ....-.... : ....

....

....

3 Pages ....-.... : ....

....

....

4 Pages ....-.... : ....

....

....

Les extraits ou phrases qui m'ont marqué(e) :

« ....

....

....

....

....

....

....

....

.... »

ROMAN/RÉCIT n° 5 : ....

Les principaux personnages

Nom : ....

Rôle dans le récit : ....

....

....

Potrait (physique/moral) : ....

....

Ce que je pense de lui : ....

....

....

Nom : ....

Rôle dans le récit : ....

....

....

Potrait (physique/moral) : ....

....

Ce que je pense de lui : ....

....

....

Les autres personnages

Nom : ....

Rôle dans le récit : ....

....

....

....

Nom : ....

Rôle dans le récit : ....

....

....

....

Nom : ....

Rôle dans le récit : ....

....

....

....

Nom : ....

Rôle dans le récit : ....

....

....

....

Mon personnage préféré : ....

Ce qui m'intéresse le plus chez lui :

....

....

....

....

....

....

....

Les questions que je poserais à l'auteur(e) si je pouvais l'interviewer :

....

....

....

....

....

....

....

....

Ce qui m'a plu et pourquoi (histoire, thème, personnages, style…)	**Ce qui m'a déplu et pourquoi** (histoire, thème, personnages, style…)

→ Si je devais rédiger une critique de ce livre :

....

....

....

....

....

....

Les autres œuvres que je pourrais associer à celle-ci :

....

....

....

SI JE DEVAIS CHOISIR UNE AUTRE COUVERTURE, JE REPRÉSENTERAIS :

....

....

....

....

....

....

APRÈS AVOIR REFERMÉ LE LIVRE (MES IMPRESSIONS, MES SENTIMENTS, MES RÉACTIONS) :

....

....

....

....

....

....

....

....

....

PIÈCE n° 1 :

Titre : ……………………………………………

Parcours associé : ……………………………………………

Auteur(e) : ……………………………………………

Siècle et dates (naissance – mort) : ……………………………

Œuvres majeures :
- ……………………………………………
- ……………………………………………
- ……………………………………………
- ……………………………………………

Événements clés de sa vie littéraire (style, idées, théories)

……………………………………………

……………………………………………

……………………………………………

……………………………………………

L'œuvre

Genre

○ comédie ○ tragédie ○ drame ○ tragi-comédie ○ …………

Date de l'œuvre : ……………………………………………

Mouvement ou courant littéraire : ……………………………………………

……………………………………………

Contexte historique

....

....

....

....

Repères culturels

Autres auteur(e)s de son temps : ....

....

....

Peintres ou artistes de son époque : ....

....

....

RÉSUMÉ EXPRESS

....

....

....

....

....

....

→ *En voyant la couverture et le titre, je m'attendais à :*

....

....

....

PIÈCE n° 1 : ....

→ La première scène de la pièce et ce qu'elle laisse attendre :

→ Mes impressions à la lecture des premières scènes :

→ Les principaux thèmes abordés et ce que j'en pense :

→ LA FIN DE LA PIÈCE ET CE QUE J'EN PENSE :

Les moments forts de la pièce :

1 Pages ....-.... : ....

....

....

2 Pages ....-.... : ....

....

....

3 Pages ....-.... : ....

....

....

4 Pages ....-.... : ....

....

....

Les répliques et phrases qui m'ont marqué(e) :

“ ....

....

....

....

....

....

....

....

.... ”

PIÈCE n° 1 : ……………………………………

Les principaux personnages

Nom : ……………………………………

Rôle dans le récit : ……………………………………

……………………………………

……………………………………

Potrait (physique/moral) : ……………………………………

……………………………………

Ce que je pense de lui : ……………………………………

……………………………………

……………………………………

Nom : ……………………………………

Rôle dans le récit : ……………………………………

……………………………………

……………………………………

Potrait (physique/moral) : ……………………………………

……………………………………

Ce que je pense de lui : ……………………………………

……………………………………

……………………………………

Les autres personnages

Nom : ....

Rôle dans le récit : ....

....

....

....

Nom : ....

Rôle dans le récit : ....

....

....

....

Nom : ....

Rôle dans le récit : ....

....

....

....

Nom : ....

Rôle dans le récit : ....

....

....

....

Mon personnage préféré : ....

Ce qui m'intéresse le plus chez lui :

....

....

....

....

....

....

....

PIÈCE n° 1 : ....

Les questions que je poserais à l'auteur(e) si je pouvais l'interviewer :

....
....
....
....
....
....
....
....

Ce qui m'a plu et pourquoi (intrigue, thème, personnages, style…)	**Ce qui m'a déplu et pourquoi** (intrigue, thème, personnages, style…)

→ Si je devais rédiger une critique de cette pièce :

....
....
....
....
....
....

Les autres œuvres que je pourrais associer à celle-ci :

SI JE DEVAIS CHOISIR UNE AUTRE COUVERTURE, JE REPRÉSENTERAIS :

APRÈS AVOIR REFERMÉ LE LIVRE (MES IMPRESSIONS, MES SENTIMENTS, MES RÉACTIONS) :

PIÈCE n°2 :

Titre : ……………………………………………

Parcours associé : ……………………………………………

Auteur(e) : ……………………………………………

Siècle et dates (naissance – mort) : ……………………………

Œuvres majeures :
- ……………………………………………
- ……………………………………………
- ……………………………………………
- ……………………………………………

Événements clés de sa vie littéraire (style, idées, théories)

……………………………………………

……………………………………………

……………………………………………

……………………………………………

L'œuvre

Genre

○ comédie ○ tragédie ○ drame ○ tragi-comédie ○ ……….

Date de l'œuvre : ……………………………………………

Mouvement ou courant littéraire : ……………………………………………

……………………………………………

Contexte historique

....

....

....

....

Repères culturels

Autres auteur(e)s de son temps : ....

....

....

Peintres ou artistes de son époque : ....

....

....

RÉSUMÉ EXPRESS

....

....

....

....

....

....

→ *En voyant la couverture et le titre, je m'attendais à :*

....

....

....

PIÈCE n° 2 : ....

→ La première scène de la pièce et ce qu'elle laisse attendre :

....

....

....

....

→ Mes impressions à la lecture des premières scènes :

....

....

....

→ Les principaux thèmes abordés et ce que j'en pense :

....

....

....

....

....

→ LA FIN DE LA PIÈCE ET CE QUE J'EN PENSE :

....

....

....

....

....

Les moments forts de la pièce :

1 Pages ....-.... : ....

....

....

2 Pages ....-.... : ....

....

....

3 Pages ....-.... : ....

....

....

4 Pages ....-.... : ....

....

....

Les répliques et phrases qui m'ont marqué(e) :

« ....

....

....

....

....

....

....

....

.... »

PIÈCE n° 2 : ……………………

Les principaux personnages

Nom : ……………………

Rôle dans le récit : ……………………

……………………

……………………

Potrait (physique/moral) : ……………………

……………………

Ce que je pense de lui : ……………………

……………………

……………………

Nom : ……………………

Rôle dans le récit : ……………………

……………………

……………………

Potrait (physique/moral) : ……………………

……………………

Ce que je pense de lui : ……………………

……………………

……………………

Les autres personnages

Nom : ....

Rôle dans le récit : ....

....

....

....

Nom : ....

Rôle dans le récit : ....

....

....

....

Nom : ....

Rôle dans le récit : ....

....

....

....

Nom : ....

Rôle dans le récit : ....

....

....

....

Mon personnage préféré : ....

Ce qui m'intéresse le plus chez lui :

....

....

....

....

....

....

....

PIÈCE n° 2 :

Les questions que je poserais à l'auteur(e) si je pouvais l'interviewer :

Ce qui m'a plu et pourquoi (intrigue, thème, personnages, style…)	**Ce qui m'a déplu et pourquoi** (intrigue, thème, personnages, style…)

→ Si je devais rédiger une critique de cette pièce :

Les autres œuvres que je pourrais associer à celle-ci :

SI JE DEVAIS CHOISIR UNE AUTRE COUVERTURE, JE REPRÉSENTERAIS :

APRÈS AVOIR REFERMÉ LE LIVRE (MES IMPRESSIONS, MES SENTIMENTS, MES RÉACTIONS) :

PIÈCE n° 3 :

Titre :

Parcours associé :

Auteur(e) :

Siècle et dates (naissance – mort) :

Œuvres majeures :

-
-
-
-

Événements clés de sa vie littéraire (style, idées, théories)

L'œuvre

Genre

◯ comédie ◯ tragédie ◯ drame ◯ tragi-comédie ◯ ....

Date de l'œuvre :

Mouvement ou courant littéraire :

Contexte historique

Repères culturels

Autres auteur(e)s de son temps :

Peintres ou artistes de son époque :

RÉSUMÉ EXPRESS

→ *En voyant la couverture et le titre, je m'attendais à :*

PIÈCE n° 3 : ....

→ La première scène de la pièce et ce qu'elle laisse attendre :

....

....

....

....

→ Mes impressions à la lecture des premières scènes :

....

....

....

→ Les principaux thèmes abordés et ce que j'en pense :

....

....

....

....

....

→ LA FIN DE LA PIÈCE ET CE QUE J'EN PENSE :

....

....

....

....

....

Les moments forts de la pièce :

1 Pages ....-.... : ....

....

....

2 Pages ....-.... : ....

....

....

3 Pages ....-.... : ....

....

....

4 Pages ....-.... : ....

....

....

Les répliques et phrases qui m'ont marqué(e) :

“ ....

....

....

....

....

....

....

....

.... ”

PIÈCE n° 3 : ....

Les principaux personnages

Nom : ....

Rôle dans le récit : ....

....

....

Potrait (physique/moral) : ....

....

Ce que je pense de lui : ....

....

....

Nom : ....

Rôle dans le récit : ....

....

....

Potrait (physique/moral) : ....

....

Ce que je pense de lui : ....

....

....

Les autres personnages

Nom : ....

Rôle dans le récit : ....

....

....

....

Nom : ....

Rôle dans le récit : ....

....

....

....

Nom : ....

Rôle dans le récit : ....

....

....

....

Nom : ....

Rôle dans le récit : ....

....

....

....

Mon personnage préféré : ....

Ce qui m'intéresse le plus chez lui :

....

....

....

....

....

....

....

PIÈCE n° 3 : ....

Les questions que je poserais à l'auteur(e) si je pouvais l'interviewer :

....

....

....

....

....

....

....

....

Ce qui m'a plu et pourquoi (intrigue, thème, personnages, style…)	**Ce qui m'a déplu et pourquoi** (intrigue, thème, personnages, style…)

→ Si je devais rédiger une critique de cette pièce :

....

....

....

....

....

....

Les autres œuvres que je pourrais associer à celle-ci :

SI JE DEVAIS CHOISIR UNE AUTRE COUVERTURE, JE REPRÉSENTERAIS :

APRÈS AVOIR REFERMÉ LE LIVRE (MES IMPRESSIONS, MES SENTIMENTS, MES RÉACTIONS) :

RECUEIL n°1 :

Titre : ....

Parcours associé : ....

Auteur(e) : ....

Dates (naissance – mort) : ....

Œuvres majeures : • ....

• ....

• ....

• ....

Événements clés de sa vie littéraire (style, idées, théories)

....

....

....

....

L'œuvre

Forme

○ poétique ○ fixe ○ libre ○ poésie en prose ○ ....

Registre

○ lyrique ○ épique ○ satirique ○ polémique

Date de l'œuvre : ....

Mouvement ou courant littéraire : ....

Contexte historique

....

....

....

....

Repères culturels

Autres auteur(e)s de son temps : ....

....

....

Peintres ou artistes de son époque : ....

....

....

THÈMES DU RECUEIL

....

....

....

....

....

....

→ *En voyant la couverture et le titre, je m'attendais à :*

....

....

....

RECUEIL n°1 : ....

→ Les premiers poèmes du recueil et ce qu'ils laissent attendre :

→ Mes impressions à la lecture des premiers poèmes :

→ LES DERNIERS POÈMES ET CE QUE J'EN PENSE :

Les poèmes les plus marquants selon moi :

1 ....

....

....

2 ....

....

....

3 ....

....

....

4 ....

....

....

Les vers ou phrases qui m'ont marqué(e) :

« ....

....

....

....

....

....

....

....

.... »

RECUEIL n°1 : ....

Les procédés de style utilisés dans le recueil :

....
....
....
....
....
....
....
....

Ce qui m'a plu et pourquoi (thème, musicalité, rythme, style…)	Ce qui m'a déplu et pourquoi (thème, musicalité, rythme, style…)

→ Si je devais rédiger une critique de ce recueil :

....
....
....
....
....
....

Les autres œuvres que je pourrais associer à celle-ci :

....

....

....

SI JE DEVAIS CHOISIR UNE AUTRE COUVERTURE, JE REPRÉSENTERAIS :

....

....

....

....

....

....

APRÈS AVOIR REFERMÉ LE LIVRE (MES IMPRESSIONS, MES SENTIMENTS, MES RÉACTIONS) :

....

....

....

....

....

....

....

....

....

RECUEIL n°2 :

Titre : ....

Parcours associé : ....

Auteur(e) : ....

Dates (naissance – mort) : ....

Œuvres majeures :
- ....
- ....
- ....
- ....

Événements clés de sa vie littéraire (style, idées, théories)

....

....

....

....

L'œuvre

Forme

○ poétique ○ fixe ○ libre ○ poésie en prose ○ ....

Registre

○ lyrique ○ épique ○ satirique ○ polémique

Date de l'œuvre : ....

Mouvement ou courant littéraire : ....

Contexte historique

....

Repères culturels

Autres auteur(e)s de son temps : ....

Peintres ou artistes de son époque : ....

THÈMES DU RECUEIL

....

→ En voyant la couverture et le titre, je m'attendais à :

....

RECUEIL n°2 : ……………………………………

→ Les premiers poèmes du recueil et ce qu'ils laissent attendre :

……………………………………………………………………

……………………………………………………………………

……………………………………………………………………

……………………………………………………………………

……………………………………………………………………

→ Mes impressions à la lecture des premiers poèmes :

……………………………………………………………………

……………………………………………………………………

……………………………………………………………………

……………………………………………………………………

……………………………………………………………………

……………………………………………………………………

→ LES DERNIERS POÈMES ET CE QUE J'EN PENSE :

……………………………………………………………………

……………………………………………………………………

……………………………………………………………………

……………………………………………………………………

……………………………………………………………………

……………………………………………………………………

……………………………………………………………………

……………………………………………………………………

Les poèmes les plus marquants selon moi :

1 ....

2 ....

3 ....

4 ....

Les vers ou phrases qui m'ont marqué(e) :

« .... »

RECUEIL n° 2 : ....

Les procédés de style utilisés dans le recueil :

....

....

....

....

....

....

....

....

Ce qui m'a plu et pourquoi (thème, musicalité, rythme, style…)	Ce qui m'a déplu et pourquoi (thème, musicalité, rythme, style…)

→ **Si je devais rédiger une critique de ce recueil :**

....

....

....

....

....

....

Les autres œuvres que je pourrais associer à celle-ci :

SI JE DEVAIS CHOISIR UNE AUTRE COUVERTURE, JE REPRÉSENTERAIS :

APRÈS AVOIR REFERMÉ LE LIVRE (MES IMPRESSIONS, MES SENTIMENTS, MES RÉACTIONS) :

TEXTE n° 1 :

Titre : ....

Parcours associé : ....

Auteur(e) : ....

Dates (naissance – mort) : ....

Œuvres majeures :
- ....
- ....
- ....
- ....

Événements clés de sa vie littéraire (style, idées, théories)

....

....

....

....

L'œuvre

Genre

- ◯ essai ◯ discours ◯ traité ◯ plaidoyer
- ◯ pamphlet ◯ préface ◯ littérature morale ◯ ....

Date de l'œuvre : ....

Mouvement ou courant littéraire : ....

....

Contexte historique

....

....

....

....

Repères culturels

Autres auteur(e)s de son temps : ....

....

....

Peintres ou artistes de son époque : ....

....

....

RESUME EXPRESS

....

....

....

....

....

....

→ En voyant la couverture et le titre, je m'attendais à :

....

....

....

TEXTE n° 1 : ....

→ La première phrase du texte et ce qu'elle laisse attendre :

....

....

....

....

....

....

→ Les principaux thèmes abordés et ce que j'en pense :

....

....

....

....

....

....

....

→ La fin du texte et ce que j'en pense :

....

....

....

....

....

....

....

....

Les moments forts du texte :

1 Lignes : ....

....

....

2 Lignes : ....

....

....

3 Lignes : ....

....

....

4 Lignes : ....

....

....

Les phrases qui m'ont marqué(e) :

« ....

....

....

....

....

....

....

....

.... »

TEXTE n° 1 : ....

Les procédés de style utilisés dans l'argumentation :

....

....

....

....

....

....

....

....

Ce qui m'a plu et pourquoi (thème, idées, style…)	**Ce qui m'a déplu et pourquoi** (thème, idées, style…)

→ Si je devais rédiger une critique de ce texte :

....

....

....

....

....

....

Les autres œuvres que je pourrais associer à celle-ci :

APRÈS AVOIR REFERMÉ LE LIVRE (MES IMPRESSIONS, MES SENTIMENTS, MES RÉACTIONS) :

TEXTE n°2 :

Titre : ....

Parcours associé : ....

Auteur(e) : ....

Dates (naissance – mort) : ....

Œuvres majeures :

- ....
- ....
- ....
- ....

Événements clés de sa vie littéraire (style, idées, théories)

....

....

....

....

L'œuvre

Genre

- ◯ essai
- ◯ discours
- ◯ traité
- ◯ plaidoyer
- ◯ pamphlet
- ◯ préface
- ◯ littérature morale
- ◯ ....

Date de l'œuvre : ....

Mouvement ou courant littéraire : ....

....

Contexte historique

....

....

....

....

Repères culturels

Autres auteur(e)s de son temps : ....

....

....

Peintres ou artistes de son époque : ....

....

....

RÉSUMÉ EXPRESS

....

....

....

....

....

....

→ En voyant la couverture et le titre, je m'attendais à :

....

....

....

TEXTE n° 2 : ....

→ La première phrase du texte et ce qu'elle laisse attendre :

→ Les principaux thèmes abordés et ce que j'en pense :

→ La fin du texte et ce que j'en pense :

Les moments forts du texte :

1 Lignes : ....

....

....

2 Lignes : ....

....

....

3 Lignes : ....

....

....

4 Lignes : ....

....

....

Les phrases qui m'ont marqué(e) :

« ....

....

....

....

....

....

....

.... »

TEXTE n° 2 : ....

Les procédés de style utilisés dans l'argumentation :

....
....
....
....
....
....
....
....

Ce qui m'a plu et pourquoi (thème, idées, style…)	Ce qui m'a déplu et pourquoi (thème, idées, style…)

→ Si je devais rédiger une critique de ce texte :

....
....
....
....
....
....

Les autres œuvres que je pourrais associer à celle-ci :

....

....

....

....

....

....

....

....

....

APRÈS AVOIR REFERMÉ LE LIVRE (MES IMPRESSIONS, MES SENTIMENTS, MES RÉACTIONS) :

....

....

....

....

....

....

....

....

....

....

....

JE COLLE ICI LES TICKETS DE SPECTACLES ET EXPOSITIONS OÙ JE ME SUIS RENDU(E).

MUSÉE

CINÉMA